KB039692

품으려 하니
모두가 꽃이었습니다

나태주 · 김예원 지음

조금 지치고
문득 불안한 당신에게
나태주 시인이 해주고 싶은 말

품으려 하니
모두가 꽃이었습니다

나태주 · 김예원 지음

조금 지치고
문득 불안한 당신에게
나태주 시인이 해주고 싶은 말

반세기를 뛰어넘은 우정

　사람은 혼자서 살 수 없습니다. 무엇보다도 외로워서 살 수가 없습니다. 그래서 친구가 있어야 하고 이웃이 있어야 하고 가족이 필요합니다. 인간의 삶 자체가 사람과 사람의 관계 맺음에서 출발한다고 보아야 합니다.

　사람과 사람 사이, 가장 좋은 관계 맺음은 친구 사이입니다. "좋은 친구는 한 사람도 많다." "친구는 나의 슬픔을 대신 져주는 자이다." 친구에 대한 좋은 말 가운데서도 가장 좋은 말은 '지음(知音)'이란 말입니다.

　지음이란 '거문고 소리를 듣고 안다.'라는 뜻으로, 자기(自己)의 속마음까지 알아주는 친구(親舊)를 뜻합니다. 중국의 춘추전국시대 백아(伯牙)란 거문고의 명인이 있었고 그의 연주를 듣고 악상을 잘 이해해주는 종자기(鍾子期)란 친구가 있었는데 막상 종자기가 죽자 백아는 다시는 거문고 연주를 하지 않았다는 데서 연유한 말입니다.

지음. 내 마음을 내 마음같이 알아주는 사람. 이런 사람은 정말로 한 사람도 많은 사람이고 나의 슬픔을 대신 지고 가주는 사람이라 하겠습니다.

나는 실상 늙은 사람입니다. 나의 이야기를 하고 싶어도 제대로 이야기를 들어주는 사람이 많지 않아 걱정인 사람입니다. 외롭다 그럴까요. 적막하다 그럴까요.

그런 나에게 참 좋은 친구가 한 사람 있습니다. 놀랍게도 그는 여성이고 나하고는 50년 나이 차이가 나는 사람입니다. 김예원이라는 사람. 부산에서 중등학교 영어 교사로 일하고 있고 여행을 좋아하며 책 읽기를 좋아하고 또 글쓰기를 좋아하는 사람입니다.

그 김예원이 나를 처음 찾은 것은 2019년 1월 3일. 대학교 졸업을 앞둔 학생이 나를 만나러 공주로 온 것입니다. 매우 예쁘고 상냥한 여대생이었습니다. 그녀는 의외로 사회 경험이 많아 정신이 성숙했고 유독 시를 좋아하는 사람이었습니다.

그로부터 우리는 좋은 친구가 되었습니다. 무슨 화제든

스스럼없이 나누었고 어떤 이야기든 막힘없이 통했으며 대화 내내 기분이 즐겁고 좋았습니다. 김예원의 귀는 나의 말을 잘 알아듣는 귀였고 나의 귀 또한 김예원의 말을 잘 알아듣는 귀였습니다.

그렇게 5년을 넘기고 어느덧 6년째입니다. 만나는 동안 우리는 아주 많은 이야기를 나누면서 여러 권의 책을 함께 썼고 여러 차례 토크쇼에 초청되기도 했습니다. 그러다 보니 서로가 나눈 이야기가 많고 공유하는 부분이 많았습니다.

바로 이 점에 착안하여 이번에 김예원이 책을 한 권 준비했습니다. 처음에는 '나태주에게 답을 얻다'로 했는데 논의 과정에서 '품으려 하니 모두가 꽃이었습니다'로 제목이 바뀐 책입니다.

실은 김예원이 나하고 나눈 이야기 가운데 자기 또래의 젊은 친구들에게 들려주고 싶은 말들만 골라서 쓴 책입니다. 애당초는 나의 말이었지만 김예원의 프리즘을 통해서 다시 태어난 말들입니다. 그러니까 더욱 젊은 세대들에게 잘 전달되는 책이라 하겠습니다.

책을 새롭게 낼 때마다 두렵고 감사한 마음이 있습니

다. 이 책은 더욱 두렵고 감사한 책입니다. 김예원이 처음부터 의도하고 노력한 대로 오늘날 힘들어하는 젊은 세대에게 응원이 되고 마음의 이웃이 되고 동행이 되었으면 좋겠습니다.

한세월 좋은 벗으로서 나의 삶과 동행하며 마음속 나의 말을 잘 들어준 김예원의 아름답고도 깨끗한 귀에 감사하는 마음입니다. 새로운 책을 내는 기쁨이 김예원에게 진정 있다면 그 귀퉁이의 조그만 기쁨은 또 나의 것이기도 합니다.

나태주

우연히 시작된 인연

강연이나 문학 강좌를 듣고 나오는 그 순간을 참 좋아합니다. 느지막한 저녁, 강연자의 촉촉한 이야기로 말랑말랑해진 가슴을 고이 안고 집에 가는 길에 보이는 노을 진 하늘. 집으로 돌아와 간단히 저녁을 먹고 침대에 누워 강연 도중 찍은 몇 장의 사진을 꺼내어보는 시간. 조그만 사진 한두 장에는 모두 담기지 않는 수많은 이야기가 많이도 생각나는 따뜻한 밤.

시인님과의 인연도 강연을 듣고 싶다는 대학생 김예원의 바람으로 시작되었습니다. 대학 도서관에서 우연히 나태주 시인님의 시집을 읽고 시인님의 시에 흠뻑 빠졌습니다. 시인님의 책에는 온통 봄의 계절만을 살아가는 사람도 없었고 온통 겨울의 추위 속에 굶주리기만 하다가 가버리는 사람도 없었습니다. 지금 이 순간에도 계절은 가고 있고 겨울이 지나면 어김없이 봄이 찾아온다는 것을, 저는 시인님의 글을 통해 배웠습니다.

시인님이 40년 전에 세상에 내보낸 시까지 찾아 읽었고 그래도 갈증이 가시지 않아 직접 뵙고 강연을 듣고 싶다는 소망을 품었습니다. 인터넷 검색을 해보았으나 시인님은 SNS를 일절 하지 않으셨고 강연 일정을 홈페이지에 올리지도 않으셨기에 어떤 정보도 찾을 수 없었습니다.

그러다 뉴스 기사를 통해 시인님이 공주에 있는 풀꽃문학관에 계신다는 소식을 알게 되었습니다. 문학관으로 전화를 했더니 '나태주 시인님의 강연은 대부분 기관의 초청을 받아 진행되기 때문에 일반인이 들을 수 있는 강연은 거의 없다.'라는 답을 받았습니다.

강연을 듣지는 못하더라도 감사의 말을 전하고 싶었습니다. 편지지를 꺼내 시인님의 시가 위로가 되었던 몇 년의 나날에 대한 감사 인사를 적었습니다. 문득 '많은 사람을 위로해주는 시인님은 과연 제대로 위로를 받고 계실까?'라는 생각이 들었습니다. 시인님의 시로 많은 위로를 받은 만큼 저 또한 시인님을 위로해드릴 수 있는 무언가를 드리고 싶었습니다.

글을 좋아하는 분에게는 글이 가장 큰 위안이지 않을까 싶어, 시를 보내드려야겠다고 생각했습니다. 웬만한 한국 시는 다 아실 것 같아서 영문학을 공부하면서 좋았던 영시 두 편을 보내드리기로 마음먹었습니다.

한 편은 번역본이 있었는데 다른 한 편은 번역본을 찾을 수가 없었습니다. 직접 번역하고 혹시라도 오역이 있을까 봐 한 줄 한 줄 작은 글씨로 해설을 달았습니다. 네 장이나 되어버린 편지를 고이 접어 조심스레 편지봉투에 넣고 주소를 적었습니다.

그런데 막상 보내려니 고민이 되었습니다. '이런 편지는 아주 많이 받으셨을 텐데. 그냥 나 혼자 간직할까?' 다음 날까지 고민하다가 보내고 후회해야겠다는 결론을 내렸습니다.

답장을 받은 건 크리스마스이브였습니다. 제 인생 최고의 크리스마스 선물이었지요. 너무 기쁘면 심장이 아플 수도 있다는 걸 처음 알았습니다.

그렇게 시인님과의 인연이 시작되었습니다. 이제 시인님은 제게 존경할 만한 인생 선배이자 최고의 멘토입니

품으러 하니
모두가 꽃이었습니다

다. 시인님과 많은 대화를 나누면서 시인님의 화려함 뒤에는 창작의 고통과 사람들의 질투 등 차가운 이면이 존재함을 알게 되었습니다. 이 모든 고통을 딛고 지금의 자리에 우뚝 서 계신 것입니다. 제가 취업 준비를 하고 직장에 첫 발을 내딛는 과정에서 시인님이 해주신 많은 위로와 조언은 큰 힘이 되었습니다.

삶의 굴곡 앞에서 아파하고 불확실한 미래에 하루에도 몇 번씩 가슴을 쓸어내리는 이들에게 제가 시인님에게 받았던 격려와 위로를 조금이나마 전하고 싶습니다. 부디 이 책에 실린 스물두 번의 울림이, 나태주 시인의 지혜가, 조금 지치고 문득 불안한 이들에게 힘이 되었으면 합니다.

김예원

차례

PART
1
사람과 사람 사이에는
틀림 말고 다름이 있을 뿐

사람과 사람
사이에는

틀림 말고
다름이 있을 뿐

PART 1

너무 많이 변하려고
하지는 마

단점을 보는 사람,
장점을 보아주는 사람

똑같이 반나절을 함께 보냈다고 했을 때 어떤 사람은 나
의 부정적인 모습만을 보고 어떤 사람은 나의 긍정적인
모습만을 보아준다. 시인님은 실제 나보다 더 좋게 나를
보아주는 사람이다. 내가 어떤 모습을 보여도 다그치신 적

사람과 사람 사이에는
틀림 말고 다름이 있을 뿐

이 없다. 그래서 실수를 할까 걱정하지 않아도 되어 함께 하는 시간 동안 나는 온전히 나다울 수 있다.

시인님은 다른 생각에 대한 포용력이 넓어 내가 다른 의견을 말해도 '그럴 수 있지.' '와, 너는 그렇게 생각하는 구나.' 하며 받아주신다. 오히려 나를 통해 젊은 사람들의 생각을 알 수 있어 고맙다고 하신다. 기본적으로 시인님은 타인을 향한 시각이 늘 긍정적이다.

"예원이 너는 편견이 없는 게 장점이야. 지금 이렇게나 맑지만 직장 생활을 하다 보면 너도 바뀔 거야. 그런데 너무 많이 변하려고 하지는 마."

철딱서니 없다는 말도 시인님은 이렇게 표현해주면서 본모습 그대로의 솔직한 나를 가치 있게 보아주신다. 시인 님과 함께 있으면 더 좋은 사람이 되는 내 모습이 좋다.

나는 아직도 내가 가진 모든 모습을 알지 못한다. 자아를 발견하는 과정은 죽을 때까지 계속되는 일일 것이다. 무엇을 좋아하고 싫어하는지, 이럴 땐 어떻게 행동하는지 내가 경험해본 부분의 단편만 알 뿐이다. 그래서 상황에 따라 달라지는 내 모습에 스스로 놀라기도 한다.

시인님에게는 내가 좋아하는 나의 모습을 자꾸만 보여

주게 된다. 시인님 앞에 반사되어 보이는 내 모습이 내가 좋아하는 모습이라서, 시인님이 좋다. 그리고 그런 내 모습을 늘 격려해주시고 허용적인 마음으로 바라봐주셔서 시인님과 함께 있는 시간이 편안하고 행복하다.

관심사가 비슷하다는 것

시인님이 내가 사는 지역에 강연을 하러 오신 날이었다. 강연 전 식사를 하고 시간이 꽤 남아 카페에 자리를 잡고 앉았다. 어김없이 시인님은 종이를 찾으셨다.

"종이 있니?"

나는 가방을 뒤져 이면지를 찾아냈다. 그러나 내게 종이가 없어도 괜찮다. 시인님은 영수증 뒷면이나 봉투 등 어디든 쓸 곳만 있으면 휴대폰 메모장을 열고 시를 거침없이 옮겨 적으시니까 말이다. 이는 갓 지은 시를 종이에 옮기면서 퇴고하는 과정이다.

잠시간의 정적이 흐르는 사이 종이는 까만 글씨로 가득 찼다. 시인님은 내가 보기 편하게 종이를 돌려주고는 무엇

21

사람과 사람 사이에는
틀림 말고 다름이 있을 뿐

을 보고 그 시를 떠올리게 되었고 그 감정을 어떻게 표현했는지를 설명해주셨다. 그러면 나는 어떤 부분이 특히 와닿는지, 시인님의 의도와는 어떻게 다르게 다가왔는지 말한다. 시는 짧아서 다양하게 해석되는 것이 매력적이라며 한참 동안 이야기를 나누었다.

두 번째 대화 주제는 외국문학이었다. 그날 시인님을 뵈러 오기 전 나는 영문학 강의를 듣고 오던 참이었는데 시인님 또한 영문학에 관심이 많으셔서 이런저런 이야기를 하게 되었다.

시인님은 로버트 프로스트(Robert Frost)를 좋아하신다. 로버트 프로스트의 대표작은 〈가지 않은 길(The Road Not Taken)〉이다. 나는 〈가지 않은 길〉의 여러 다른 번역 버전을 시인님에게 보여주며 이 번역체는 이런 점에서 저것보다 더 좋고 저 번역은 이 두 행을 특히 우리 정서에 맞게 잘 번역한 것 같다고 말했다. 시인님과 번역체에 대해서 한참 대화를 나누다가 이번에는 에밀리 디킨슨(Emily Dickinson)으로 대화가 옮겨 갔고 그다음은 비스와바 쉼보르스카(Wislawa Szymborska)로 옮겨 갔다.

비스와바 쉼보르스카는 폴란드 출신의 노벨 문학상 수

상자로서, 시인님에게도 익숙한 작가다. 시인님은 종종 내게 새로 쓴 시를 보여주며 가장 먼저 감상할 기회를 주신다. 나도 종종 감동적인 시를 발견하면 시인님에게 가장 먼저 보내드리는데, 쉼보르스카 시를 자주 보내드렸기 때문이다.

언젠가 시인님에게 보내드린 적 있는 〈빈 아파트의 고양이〉, 〈이력서〉 등의 시를 언급하며 청년 자살과 실업 문제에 관한 이야기를 나누었다. 시인님은 다른 사람의 아픔을 자신의 아픔처럼 못견뎌하는 사람이다. 나는 그런 시인님에게 부디 청년들의 용기를 북돋아줄 수 있는 시를 앞으로도 계속 써달라고 부탁드렸다.

대화를 하다 보니 두세 시간이 훌쩍 지나 있었다. 시인님이 물었다.

"원아, 네가 몇 년생이냐?"

"95년생이요. 시인님은 45년생이시죠."

"맞아. 딱 오십 해 차이가 났지. 그런데 참 신기해. 이렇게 말이 잘 통한다는 게 말이야."

나도 참 신기했다. 어떻게 이렇게 나와 인생관과 행복관이 비슷한 사람이 있을 수 있는지, 내가 좋아하는 시를 보

23

고 함께 좋아해주는 사람이 있을 수 있는지, 오십 해의 간극을 뛰어넘고 이렇게 오랫동안 즐겁게 대화를 할 수 있는지 말이다.

사람과 사람이 진정한 친구가 되는 데는 생각보다 오랜 시간을 필요로 하지 않는다. 시간보다 더 중요한 것은 가치관과 마음의 결이 얼마나 비슷하냐다. '진짜 나'를 보여줄 수 있는 친구가 있다는 것, 훗날 돌이켜보았을 때 아련하고 고마운 인연이 현재 함께한다는 것은 믿을 수 없는 축복이다.

최악의 순간도
다 내 삶이었어

/ 두 번째 울림 /

도예촌 끝집

- 우리 열차는 잠시 후 대전역에 도착하겠습니다.

기내에 안내방송이 흘러나왔다. 벗어둔 겉옷을 주섬주
섬 입고 집에서부터 끌고 온 작은 캐리어를 챙기고 눕혀
둔 좌석을 똑바로 세우고 발걸이를 위로 올렸다. 혹여나

기차 안 어딘가에서 곤히 자고 있던 사람이 깰까 봐 캐리어를 들고 조심조심 문으로 향했다. 벌써 많은 사람이 내릴 준비를 마치고 문 앞에 서 있었다. 잠시 후 드르륵 문이 열리고 앞에 서 있던 사람들이 내렸다. 그들을 따라 나도 계단을 딛고 플랫폼에 내려섰다.

주말이라 그런지 기차역은 사람들로 붐볐다. 저 멀리 나를 향해 손을 흔들고 있는 시인님이 보였다. 발걸음을 재촉하여 다가가 인사를 드리니 냉큼 내 짐을 가져가신다. 시인님은 꼭 내 캐리어를 들어주려 하신다.

"시인님, 이거 제가 들게요. 들 수 있어요."

"아냐. 그나저나 원아, 너는 어떻게 살이 더 빠진 것 같냐? 밥 좀 많이 먹으라니까 숙제를 제대로 안 하는구먼."

"아녜요. 정말로 제가 들게요. 누가 보면 젊은 사람이 시인님한테 이런 거 들게 한다고 저 욕해요."

시인님은 나를 안쓰럽게 여기시고는 짐을 대신 들어주셨다. 뵐 때마다 짐을 누가 드느냐의 문제로 옥신각신하곤 한다. 밖으로 나오자 쨍한 햇살이 얼굴에 정면으로 내려닿았다. 평일에는 직장에 갇혀 햇빛 한 줄기 보지 못했는데 주말을 맞아 나온 곳에서 대낮의 햇살을 느끼니 정말이지 행복하다. 자주 오는 기차역이지만 바로 이 장소, 역을 벗어나면 나오는 이 열린 공간에서 따스한 햇살을 맞는 순간, 나는 매번 처음처럼 설렌다.

"원아, 도예촌 들렀다가 공주로 갈래?"

"네! 너무 좋아요."

역 앞에 촘촘히 대기 중인 택시 중 맨 앞에 서 있는 차를 타고 계룡산 도예마을로 향한다. 도예마을에서도 가장 안쪽 깊숙이 자리하고 있는, 시인님은 '도예촌 끝집'이란 애칭으로 부르는 그곳으로.

나는 같은 장소에 여러 번 가는 것을 별로 좋아하지 않는다. 동일한 곳이라도 갈 때마다 새로운 감정을 느낄 수 있어 좋다는 사람이 있는데, 나는 보통 같은 장소에 가면 비슷한 감정만 든다. 그래서 익숙한 곳보다는 새로운 곳에 들르는 걸 좋아한다.

다만 보고픈 사람이나 추억하고 싶은 기억이 있다면 그곳이 어디든 수백 번이고 갈 수 있다. 장소 그 자체보다는 사람과 추억이 중요하니까. 그런 의미에서 도예촌은 여러 번이고 가고픈 공간이다. 가는 길에 쌓인 추억이 많고 함께한 사람들이 좋기 때문이다.

사람과 사람 사이에는
틀림 말고 다름이 있을 뿐

지난번 방문 때 도예촌으로 가는 택시 안에서 시인님은 계룡산 산봉우리의 모습을 설명해주시고 기사님은 시인님의 말을 거들어 외지인인 내게 풍경을 읽어주셨는데, 이번에도 같은 장면이 펼쳐졌다.

　"저기가 장군봉이야."

　계룡산 장군봉이 보인다는 말은 곧이어 도예촌 입구가 나올 거라는 말이다. 곧 입구 바닥에 쭉 깔린 작은 돌멩이들이 보였고 그 위에 차가 들어서면서 차체가 조금씩 흔들렸다. 바퀴에 돌이 밟히는 소리가 왠지 데자뷔 같다. 지금부터는 시인님이 기사님에게 길을 설명해야 한다.

　머지않아 공방에 도착했다. 다정하지만 심지 있는 박사님과 곱고 온화한 사모님이 자기를 구우며 아름답게 머물고 계신 공간. 환하게 웃으며 반겨주시는 박사님 뒤로 박사님의 트레이드마크인 호랑이 그림과 사모님의 트레이드마크인 꽃 그림이 살포시 얹힌 자기가 가득 보인다. 지난번 이곳에서 얻은 화병과 아이비가 떠올랐다. 아침에 드라이기로 머리를 말릴 때마다 화장대 한편에 둔 화병을 보면서 도예촌의 평온한 분위기를 떠올리곤 한다.

　박사님은 따뜻한 차와 호두로 만든 과자를 수북하게 내

주셨다. 저쪽 옆에서는 박사님의 제자들이 도자기를 빚고 있었다. 차를 마시며 나도 도예체험을 하고 싶다고 말했더니, 여름에 다시 올 때 하고 가라며 도자기 위에 시를 써도 참 멋지겠다고 하셨다.

"여기에 오면 드디어 올 곳에 온 느낌이야."

시인님은 그리 말하시더니 내게만 들리게 작은 목소리로 속삭였다.

"십 분만 있다 일어나자. 오래 있으면 피해 주는 거야."

방문객이 없어야 작가가 작품 제작에 몰입할 수 있다는 것을 아는 시인님은 정말로 십 분쯤 후 점심을 아직 먹지 않아 배가 고프다는 핑계를 대며 일어나셨다. 또 오겠다는 말을 남기고 공주로 가기 위해 다시 택시를 탔다.

"같은 공간에 여러 번 가는 것도 꽤 괜찮아."

"그런 것 같아요. 여기는 들렀다 나오면 마음이 평화로워져요."

"너는 같은 곳에 가는 걸 안 좋아하면서 여기는 계속 오고 싶어 하더라."

"공간과 사람이 주는 느낌이 너무 편안한 걸 어떡해요."

문득 나는 다른 사람들에게 어떻게 기억되고 싶은가를

사람과 사람 사이에는
틀림 말고 다름이 있을 뿐

시인님은 도예가 선생님과 전시를 준비 중이시다.

생각해보았다. 함께 있으면 편안하고 정다운 사람이 되고
싶다. 그리하여 내게 시간을 기꺼이 내어주는 사람에게 자
꾸 봐도 반가운 사람이 되고 싶다.

풀꽃문학관

공주 구도심에 있는 카페에서 담소를 나누다가 풀꽃문학
관에 가기 위해 일어났다. 평소 공주 구도심 길거리에는
사람이 별로 없는데 나는 그 한적함을 사랑한다. 내 인생

품으려 하니
모두가 꽃이었습니다

대부분의 시간을 보낸 부산과 서울에서는 어딜 가든 사람들로 붐벼 혼자 길을 걸어도 혼자 있는 것 같지 않았다. 그러나 공주는 정말이지 철저히 혼자가 되는 것을 허락하는 곳이다. 그래서 더더욱 제민천에서 문학관으로 가는 길은 늘 최대한 천천히 거닐고 싶다.

한적함을 한참 즐기고 있었는데 어느 지점에서부터 시끌벅적한 소리가 들려왔다. 시인님을 뵈러 공주에 자주 왔지만 이런 적은 처음이었다. 악기 연주 소리가 울려 퍼지고 사람들의 말소리가 들렸다. 알고 보니 이날은 축제 기간이었다. 플리마켓이 열리고 체험 부스가 연이어 설치되어 있었다.

공주의 한적한 길을 거닐 기회를 뺏긴 것이 아쉽기는 했으나 한편으론 왠지 특별한 날 방문한 것 같아 색다른 기분이 들었다. 붐비는 길 위에서 사람들과 인사하며 시인님도 활기를 얻으신 듯했다.

축제거리를 지나 문학관에 도착했다. 문학관 가장 입구에 있는 방은 문학관 직원인 한 팀장님과 안 선생님이 업무를 보는 방이다. 그 날은 토요일이라 팀장님만 출근하는 날이었다. 나는 팀장님에게 인사를 드리고 간단한 근황을

이야기했다. 그사이 시인님은 벌써 문학관 정원으로 나가 꽃들을 쓰다듬고 계셨다. 나도 문학관 뒤뜰로 따라 나갔다. 시인님은 어떤 꽃을 가리키며 말했다.

"이 꽃은 이번에 새로 심은 건데 하나는 이미 죽어버렸어. 잘못 돌봐서 그렇지 뭐."

그러고는 또 다른 꽃을 가리키며 말했다.

풀꽃문학관

풀으려 하니
모두가 꽃이었습니다

"이건 자세히 보면 이렇게 생겼단다. 이름도 생김새를 따라 지어진 거야. 아이고, 옆에 메뚜기 좀 봐. 보이니?"

시인님은 내게 꽃 자랑을 늘어놓으며 꽃에 얽힌 재미난 이야기를 함께 해주셨다. 그러고 있으면 어느새 팀장님이 나와 옆에서 조용히 잡초를 뽑으신다. 꽃을 어루만지는 시인님과 묵묵히 그걸 돕는 팀장님. 나는 한 발자국 뒤로 물러나 두 사람을 사진기에 담았다.

어제는 비가 많이 왔다. 소방차가 물을 뿌리듯 후두두두 두둑 빗물이 세차게 떨어졌다. 문학관 정원도 예외는 아니었던지 정원이 조금 어지러워져 있었지만 그 또한 자연스럽게 편안했다. 모든 게 정돈될 필요는 없다.

"꽃은 하루가 다르게 변해. 오늘 예쁘게 폈다고 해서 내일도 예쁘게 필 거란 보장이 없어. 사람도 마찬가지고 인생도 그래. 어제처럼 비가 많이 오면 한순간에 엉망진창이 되어버리지."

"누구에게나 엉망진창이 될 날이 언제 올지 모른다는 점에서만큼은 인생이 참 공평한 것 같아요. 그러면요 시인님, 한순간에 엉망진창이 될지도 모르는 게 삶이라면 오늘을 성실하고 유의미하게 보낼 필요가 있을까요? 물론 오

33

늘 내가 산 하루가 스스로 원하던 방향인 데다 너무 즐겁고 행복했다면 더할 나위 없이 좋겠지요. 하지만 미래를 위해 오롯이 오늘을 투자했을 뿐 종일 지루하고 힘겨웠을 수도 있잖아요."

"내일 죽을 수도 있기 때문에 오늘 열심히 살아야 해. 바라지 않던 삶이라도 그건 내 삶이란다. 내게도 내 삶이 아니라고 부정하고 싶던 나날이 많았지만 단 한 번도 부정할 수 없었어. 부정하는 건 불가능한 것이더라고. 최악의 순간도 다 내 삶이었어. 어떠한 순간에도 버리거나 눈감지 않아야 더 깊은 삶을 살 수 있어. 내가 원하는 삶이 아니더라도 받아들이고 긍정적으로 생각하려고 노력하면 훗날 내가 원하는 삶을 이루기 위한 발돋움의 토대가 돼. 지금 하고 있는 일이 힘에 부치더라도 쟁기를 보다 깊게 넣어 흙을 갈아 밭을 일구면서 다음에 내릴 씨앗과 뿌리를 위한 기반을 다져보렴."

내일 곧 죽을지도 모르는데 오늘을 열심히 살아야 할까? 누구나 한번쯤은 해봤을 생각이다. 미래를 모르기 때문에 더더욱 현재를 열심히 보내야 한다. 평생 젊고 건강하기만 하다면 오늘만을 즐기며 살아도 아무 문제가 없다.

꽃을 살피고 잡초를 솎으시며 틈틈이 가꾸는 풀꽃문학관 정원.

그러나 갑자기 아플 수도 있고 한순간에 직장을 잃을 수도 있다. 미래에 최악의 상황이 닥쳐도 최소한 평범하게는 살아가려면 미래를 위한 최소한의 대비는 해두는 게 맞다.

단, 미래를 위해 하는 일이 너무 나를 갉아먹는 것 같을 때는 가끔은 피해도 보고, 다른 길로 바꿔도 보면 어떨까. 그러면서 어떻게든 미래를 위한 최소한의 준비를 해두는 것이다.

"간디는 '내일 죽을 사람처럼 살고, 영원히 죽지 않을 사람처럼 배워라.'라고 말했어. 내일 죽을 건데 배워서 뭐 해? 그러나 죽는 순간까지도 새로운 것에 눈을 뜨려 하고 최선을 다해 살아야 해. 그렇게 순간을 영원처럼, 영원을 순간처럼 매 순간을 철저히 사는 게 스스로가 더 행복해지는 길이야."

집으로 돌아가는 길

시인님과 팀장님에게 가보겠다는 인사를 드리고 문학관에서 나왔다. 근처에 사는 친구를 만나 얼마간의 즐거운 시간을 보낸 후 아까 시인님과 함께 걸었던 그 축제 거리를 다시 지나게 되었다. 햇살 가득하고 붐비던 거리는 폐장 중이었다. 화려한 꽃일수록 떨어질 때 추하고 쓸쓸하다고 그랬던가. 환하기만 하던 과거를 기억하는 눈동자는 어수선한 거리의 고요함을 끌어 담고 적적함은 배가 되었다.

쓸쓸함 위를 걷고 또 걸었더니 거리 또한 끝이 보였다. 이제는 집으로 돌아가기 위해 버스 정류장으로 향했다. 돌아가는 길, 버스 안에서 눈을 붙였고, 조금 자고 일어나니 어느새 대전에 도착해 있었다. 대전에서 또다시 기차를 타기 위해 기다렸다.

시인님과의 모든 만남은 기차에서 시작해서 기차에서 끝이 난다. 시인님이 내가 사는 쪽에 강연이 있어 오실 때도 나는 기차역으로 마중을 나갔다가 가실 때 기차역으로 모셔다드리고, 내가 시인님이 계시는 곳으로 갈 때도 기차를 타고 갔다가 또 기차를 타고 되돌아온다.

기차에 올라타자 잠시 후 문이 닫히고 기차가 움직이기 시작한다. 달리는 기차의 속력이 좌석 위에 놓인 온몸에 진동할 때 나는 과거에서 점점 멀어져 미래로 가는 느낌이 든다. 결국 또 눈물이 터진다. 시인님을 뵙고 오는 기차 안에서는 늘 눈물이 난다. 가는 길에 배고플 때 먹으라고 챙겨주신 쑥떡, 버스에서 화장실에 가고 싶어질지도 모르니 차를 조금만 마시라던 시인님의 말씀, 함께 찍은 사진, 손에 쥐여준 차비까지 그 모든 것이 아련하게 다가온다.

행복했던 기억은 다시 돌아갈 수 없어질 때 슬퍼진다. 시인님을 얼마 후에 다시 뵙고 또 다른 행복한 시간을 보낼 수는 있겠지만 오늘의 경험은 오늘의 나만 겪을 수 있는 시간이었으니까. 아쉬움에 함께 나누었던 대화를 다시 떠올려본다.

"원아, 내가 너를 볼 수 있는 날이 얼마 더 남지 않았을지도 몰라. 삼 년을 더 산다면 삼 년을, 오 년을 더 산다면 오 년을 더 보겠지. 나는 이제 길어야 오 년을 바라보며 인생 계획을 세우며 살고 있는 사람이야. 내 인생 말기에 너를 만나 우정을 나눌 수 있음에 감사해."

그냥 하는 말인 걸 알면서도 덜컥 겁이 나고 눈물이 났다. 인생에서 소중한 사람이 생겼다는 것은 그 사람이 내 인생에서 나가고 나서 온전히 아플 준비를 해야 한다는 말이기도 하다.

참 이상해,
마스크 쓰는 걸
더 좋아하고

/ 세 번째 울림 /

나를 위해 타인을 배려하는 것

어느 여름날, 손부채질을 하며 시인님을 모시고 단골 카페
문을 열었다. 곧바로 와닿는 시원한 공기에 마음까지 정화
되는 느낌이었다.

"예원 씨, 잡지에 실린 글 잘 봤어요. 우리 카페를 아름
답게 써줬던데, 고마워요."

사람과 사람 사이에는
틀림 말고 다름이 있을 뿐

사장님이 반갑게 맞아주며 그리 말했지만 사실 내가 더 고마웠다.

이 카페에 처음 온 날이 아직도 생생하다. 깔끔한 외관, 아늑한 분위기의 실내, 안으로 좀 더 들어가면 보이는 다락방. 첫눈에 마음이 편안해지는 장소다. 그날 나는 가게 내부를 한눈에 내려다볼 수 있는 다락방에 자리를 잡고 주문한 음료를 기다리고 있었다. 주문하며 몇 마디 주고받다 통성명까지 한 사장님이 내게 음료를 가져다주시면서 물었다.

"예원 씨, 맥주 해요?"

"네."

"오늘 여기 근처에서 자고 간다고 했죠? 타지에 와서 밤에 혼자 방에 있으면 심심할 것 같아서요. 방에 들어가서 텔레비전 보면서 먹으라고 팝콘 좀 튀기고 있어요. 마침 맥주가 있는데 입에 맞을지는 모르겠지만 한 병 가져가서 팝콘이랑 같이 먹어요."

그러고는 팝콘과 맥주를 가져가기 편하게 쇼핑백까지 새로 꺼내 들려주셨다. 처음 방문한 장소에서 예상치 못한 배려를 받은 기억이 오래도록 남아, 한 문화 잡지에 글을

품으러 하니
모두가 꽃이었습니다

실었는데 그 글을 읽으셨나 보다.

"제가 더 감사하죠! 그나저나 사장님, 지금 다락방 비었어요? 저 다락방에 앉고 싶어요."

"네, 비어 있어요. 올라가 봐요."

나는 계단 아래에 신을 가지런히 벗어두고 계단을 올라갔고, 시인님이 뒤따라 올라오셨다.

"시인님, 다락방은 사람 마음을 말랑말랑하게 만들어주는 뭔가가 분명히 있는 것 같지 않아요?"

"맞아, 그런 게 있지."

"나만의 아늑한 공간인 것 같고, 아기자기하고, 신발을 벗고 들어가서인지 공간과 가까워진 기분도 들고요. 뭔가 사람을 따뜻하게 녹여줄 것 같은 분위기예요."

시인님과 대화를 나누고 있자 계단을 올라오는 발소리가 들렸다. 사장님이 주문한 음료와 함께 먹으라며 예쁜 케이크를 서비스로 주셨다.

"지난번에 엄청 맛있는 쿠키 주고 갔잖아요. 고마워서요."

첫 방문 때 받은 마음이 너무 감사해서, 근처에 볼일이 있어 가게 앞을 지나가던 날, 잠시 들러 내가 좋아하는 쿠키를 드리고 간 적이 있었는데 그것을 기억하고 또 뭔가를 가져다주신 것이다. 사장님은 미소 띤 얼굴로 맛있게 먹으라는 말을 남기고는 다락방 아래로 내려갔다.

이상한 것 좀 시키지 마

아늑한 다락방에서 시인님과 나는 할 게 있었다. 바로 MBTI 검사였다. 카페에 오기 전, 나는 시인님에게 MBTI 검사를 해보신 적이 있냐고 물었고 시인님은 없다고 하셨다. 시인님은 안 해도 된다고 하셨지만 나는 이건 요즘 필수이니 꼭 해봐야 한다며 카페로 향한 것이다.

휴대폰을 켜서 1번 문항부터 질문을 소리 내어 읽어드렸고 시인님이 답을 해주시면 답을 기록해 나갔다. 검사 중간중간 시인님은 말하셨다.

"아유, 이거 왜 이렇게 기냐?"

"이거 원래 문항 수가 조금 많아요. 그래도 벌써 절반이나 완료했으니 조금만 더 하시면 돼요. 다음 문제 읽어드릴게요."

검사를 할 때는 귀찮아하셔서 놓고 정작 검사 결과가 나오자 내게 E와 I, S와 N, T와 F, P와 J의 차이점을 자세히 물어보셨다. 그러고는 안 그래도 강연 때 독자들이 물어봤는데 답을 못 했다며 검사 결과를 메시지로 보내 달라고 하셨다.

"시인님, 시인님 MBTI는 INFJ, 인프제예요. 저랑 성격유형이 비슷하시네요. 근데 E랑 I는 거의 반반이에요. E랑 I가 반반인 거랑 나머지가 거의 4:6, 3:7 비율인 것까지 비슷해요."

"그럴 줄 알았어. 너랑 나랑 성격이 비슷해."

그다음엔 사진을 찍자고 말씀드렸다. 그냥 사진이 아니라, 당시 유행했던 아기 버전 사진이었다. 나는 시인님에게 사진 변환을 해보자고 말씀드렸고 시인님은 귀찮아하시면서도 사진을 찍어주셨다. 평소에도 사진을 찍을 때 나는 종종 시인님에게 특정한 포즈를 취해 달라고 말씀드리는데, 시인님은 "넌 내게 맨날 이상한 것 시키더라."라고 하면서 늘 못이기는 척 요청대로 포즈를 잡아주신다. 이러면 꼭 내가 시인님을 괴롭히는 사람 같아 보일 수 있는데, 호기심 어린 눈빛을 보면 시인님도 내심 젊은이들의 문화를 경험해보는 것을 좋아하시는 게 아닐까 생각한다.

아기 얼굴 변환 어플로 찍은 사진

그게 중요한 게 아닌데

사실 사진 찍는 것을 더 좋아하는 쪽은 내가 아니라 시인
님이다. 아니, 시인님은 사진 찍는 것을 좋아한다기보다는
소중한 순간을 사진으로 기록해두는 것을 좋아한다고 보
는 게 더 맞겠다.

시인님은 아끼는 것, 좋은 것, 예쁜 것을 꼭 사진으로 남
겨두신다. 서점에서 책읽기에 몰두하고 있는 노인들의 뒷
모습이라든가 미술관 바닥에 형광색 조명으로 비춰지고
있는 화가의 어록이라든가 갑작스레 지하철 같은 곳에서

품으려 하니
모두가 꽃이었습니다

만나게 된 독자님의 웃는 얼굴 등등.

시인님은 내게도 자주 함께 사진을 찍자고 하신다. 나는 마스크를 쓰고 찍는 것이 더 편한데 시인님은 늘 마스크를 벗으라고 하신다. 내가 두어 번 권해도 마스크를 벗지 않으면 답답하다는 듯 푸념을 하신다.

"요즘 젊은 애들은 참 이상해. 마스크 쓴 걸 더 좋아하고 말이야."

그러나 내가 마스크를 고집하는 데에는 이유가 있다. 시인님은 사진을 찍고 나서 꼭 인화를 해서 다시 주시는데, 볼이 빵빵하고 턱이 둥글게 나온, 소위 '후덕한' 사진만 잘 나왔다며 골라서 인화해주신다.

그래서 나는 사진을 찍기 싫어했고 사진에 있어서만큼은 고집 센 시인님은 어떻게든 찍고 넘어가셔야 했다. 만나면 기차역에서 여러 장, 기차역을 나와서 여러 장, 택시에서 내려서 여러 장, 관광지에 가서 여러 장, 그렇게 찍힌 사진들을 보면 점점 무표정이 되어 가는 나를 볼 수 있다.

그러나 이제는 마음이 달라졌다. 오히려 지금까지 한 행동들에 시인님에게 죄송한 마음이다. 예쁘게 나오고 않고는 중요한 게 아니다. 이 세상에서 나를 사진기에 담아 '지

사람과 사람 사이에는
틀림 말고 다름이 있을 뿐

금의 내 모습'을 남겨주고 싶어 하는 사람은 많지 않은데 왜 나는 그 깊은 마음을 헤아리지 못했을까. 과분한 마음을 받고도 중요치 않은 사소한 것에 마음을 쓰고 있던 철부지 어린아이였다.

준 건 되도록 빨리 잊어버리고
받은 건 되도록 오래 기억하렴

/네 번째 울림/

나를 위해 타인을 배려하는 것

식사를 마치고 나오는 길, 어김없이 시인님은 신발장에서 같이 온 사람들의 신발을 꺼내어 신기 좋게 돌려 놓아주셨다. 음식점을 나오며 시인님에게 여쭈어보았다.

"시인님은 어떻게 그렇게 사소한 걸 잊지 않고 신경 써주세요? 음식점에 들어갈 때 같이 간 사람들의 신발을 기

사람과 사람 사이에는
틀림 말고 다름이 있을 뿐

억해두었다가 나올 때 먼저 나오셔서 신기 좋게 내려주시고, 택시를 탈 때도 뒷좌석 차 문을 열어주시고 나서야 시인님은 앞좌석에 타시잖아요. 지난번 음식점에 갔을 때도 같이 앉은 사람들의 앞접시에 음식을 덜어주신 뒤 식사를 시작하셨고요."

1초도 안 되어 시인님은 이렇게 말했다.

"나를 위해서 하는 일이야."

"네?"

"사람의 마음을 얻는 건 참 어려운 일이야. 내가 먼저 잘해줘야 해. 그래야 그쪽에서도 나에게 잘해줄 거거든. 가는 말이 고와야 오는 말이 곱듯 말이지."

상대를 향한 배려는 돌고 돌아 나에게 다시 돌아오며, 먼저 사랑을 베푸는 행위는 결국 나를 더 사랑받는 사람으로 만들어준다는 말이었다. 사랑받는 사람이 되고 싶으면 내가 먼저 손을 내밀고 베풀어야 한다는 것.

실제로 시인님 주변에는 시인님 일이라면 두 팔 걷어붙이고 적극적으로 돕는 사람이 많다. 언젠가 시인님에게 그 비결을 여쭤본 적이 있다. 시인님은 "먹고살기 힘들 때는 물질을, 먹고살 만하면 사람을 택했지." 하고 운을 떼고는

품으려 하니
모두가 꽃이었습니다

이어 말했다.

"준 건 되도록 빨리 잊어버리고 받은 건 되도록 오래 기억하렴. 다른 사람에게 해준 걸 기억하면서 돌려받을 기대 따위는 하지 말고, 사소한 도움이라도 은혜를 입었으면 오래도록 기억하고 보답해야 해."

자연스러운 계절의 흐름에 따라

생각해보면, 나는 자연스레 멀어지는 인연에 아파해본 적이 별로 없었다. 봄여름만 있고 가을 없이 겨울을 맞이해야 하는 인연에만 마음을 많이 쏟았다. 갑작스러운 이별은 마음을 뭉그러뜨려놓지만 서서히 맞이하는 이별은 이별하고 있다는 것조차 모르게 빠져나가니까.

한때 매일같이 일상을 주고받던 친구를 오랜만에 우연히 먼발치에서 발견했다. 나는 친구가 있는 쪽으로 가는 중이었고 친구는 내 쪽으로 발걸음을 옮기는 중이었다. 서로의 거리가 점점 가까워지는 동안 나는 속으로 인사를 할 것인가, 그냥 모른 척 지나칠 것인가를 고민했다.

사람과 사람 사이에는
틀림 말고 다름이 있을 뿐

대학 동아리에서 알게 된 친구였고 꽤나 친하게 지내어 못해도 일주일에 한 번씩은 함께 밥을 먹었지만 학년이 올라가 서로 바빠지게 되면서 자연스레 연락이 끊겼다. 메시지는 주고받지 않았어도 SNS 댓글은 주고받았는데 그마저도 하지 않게 되었다. 서로 연락을 하지 않은 채 5년이라는 시간이 지나버렸다.

결국 우리는 스쳐 지나가며 어색한 미소로 안녕이라는 말만 하고 그대로 다시 멀어졌다. 한때 너무나도 소중했던 인연이 인사를 할 것인가 말 것인가를 고민해야 하는 사이가 되어버렸다는 것이 조금 씁쓸했다. 이런 일이 있었다고 말씀드리니 시인님은 내게 이런 말을 들려주셨다.

"사람도 유통기한이 있어. 어떤 사람과 지금 친해서 그 사람과 영원히 갈 것 같아도 언젠가 어떤 이유로, 아니면 이유 없이 그냥 멀어지는 일이 많아. 그럴 때면 또 그때 새로이 만난 사람과 잘 지내면 돼."

우리 삶에서 많은 인연은 피고 진다. 봄에 꽃구경을 실컷 하고 나면 한동안은 꽃이 지는 것이 아쉽지 않다. 오히려 여름이 기다려지기도 하고 내년의 봄이 궁금해지기도 한다. 마찬가지로 사람 유통기한이 꼭 슬픈 것만은 아니

다. 헤어짐은 다른 사람을 받아들일 빈 공간을 만들고 이
는 새로운 인연을 부른다. 자연스러운 계절의 흐름에 따라
제철 꽃에게 많은 애정을 쏟으며 살고 싶다.

목마른 나무에 물을 주고
배고픈 사람에게
밥을 주는 사람

/다섯 번째 울림/

따뜻한 어른이 되어준다는 것

시인님이 내가 근무하던 학교로 나를 찾아오신 적이 있다.
바로 옆 학교에서 강연을 끝내고 댁으로 돌아가시기 전에
우리 학교에 잠깐 들르신 것이다. 하필 그날 학급에 문제
가 생겨 퇴근이 늦어졌다.

조금 늦는다고 연락은 드렸지만 죄송한 마음에 헐레벌

품으려 하니
모두가 꽃이었습니다

떡 나오니, 학교 맞은편 계단에 앉아 시를 쓰고 계시는 시인님이 보였다. 시인님은 자투리 시간도 허투루 보내지 않으신다. 시를 쓰거나 원고를 보거나 중요한 전화를 하는 등 무언가를 늘 하시고 계셔서 약속 시간에 늦은 상대방을 조금 덜 미안하게 해준다. 시인님이 의도하든 의도하지 않았든 말이다.

횡단보도 건너편에서부터 시인님에게 손을 흔들고 신호가 바뀌기를 초조한 기색으로 기다렸다. 시인님이 찬 데 앉아 계신 게 마음 아팠던 나는 횡단보도를 냅다 달렸다.

"괜찮아, 뛰지 마. 시 쓰고 있었어."

그때 마침 하교 중이던 우리 학교 학생들이 "어? 나태주 시인님이다!" 하고 외치며 시인님에게 몰려들었다. 인원은 점점 많아져서 곧 시인님을 둘러쌌고 어쩌다 보니 계단에서 즉석 팬미팅이 열렸다. 학생들은 너도 나도 시인님에게 함께 사진을 찍어 달라고 요청했다. 그날 시인님은 몸이 안 좋으신 상태였는데, 몰려든 모든 아이와 사진을 찍고 사인을 해주었다.

"얘들아, 사진 찍어줄게. 차례대로 줄을 서봐. 대신 딱 한 장씩만 찍자, 알겠지? 시인님 오늘 몸이 안 좋으셔."

사람과 사람 사이에는
틀림 말고 다름이 있을 뿐

편찮으신 몸을 이끌고 두 시간 연속 선 채로 강연을 하고 오셔서 힘든 상태인데도 시인님은 다른 사람들의 부탁을, 특히 어린 아이들이 부탁하는 것은 절대로 거절하지 못하신다. 당장은 스스로도 즐거운 마음에 사인을 하시지만 사람들이 다 돌아가고 혼자가 되면 체력적으로 힘들어하신다. 그런 사정을 알기 때문에, 문학관 식구들과 나는 시인님 사인회를 따라갈 때면 독자님들에게 대신 거절의 말을 하는 역할을 맡곤 한다.

그날도 나는 시인님을 대신해 한 사람당 사진을 한 장씩만 찍자고 학생들을 다독였다. 한참 후, 드디어 그 많던 인파가 모두 빠져 나가고 드디어 시인님과 나는 저녁을 먹으러 가기 위해 계단에서 일어났다.

"요즘 학교는 어때? 힘든 반을 맡았다고 했잖아."

그 해, 나는 우리 반 아이들이 조금 버거웠다. 나는 매일 학생 상담으로 행정 업무를 처리할 시간이 없어 하루에 밥 먹는 시간 빼고는 오 분도 쉬지 못하고 일을 해야 했다. 그래서 퇴근하고 집에 와서 씻고 저녁 여덟 시 반만 되면 기절하듯 잠들었다. 어쩌면 그 전해에 전교에서 가장 모범적인 반을 맡았던 터라 더욱더 힘들었던 것인지도 모르겠다.

품으려 하니
모두가 꽃이었습니다

그 전해에는 학급 아이들이 너무 사랑스러워서, 오죽하면 방학 때도 아이들이 생각날 때마다 학급 이벤트를 만들었을 정도였다. 준비에 시간이 많이 걸리는 이벤트도 전혀 힘들지 않았다. 깜짝 놀라며 좋아할 아이들을 생각하면 말이다. 협조적인 외향인만 모아두었는지 아이들은 내가 잔소리 한 번 하지 않아도 알아서 잘했고 공부도 열심히 하려 해서 수업 시간이 되면 나부터가 너무 신이 났다.

하나라도 더 재미나게 알려주고 싶다는 생각에 유튜브를 아예 보지 않던 내가 아이들이 좋아한다는 유튜브를 찾아보면서 수업 자료를 만들었다. 지금까지도 내 교직 인생에서 그런 학급을 한 번이라도 맡아보았다는 게 얼마나 힘이 되는지 모른다. 그 한 해는 정말 내가 꿈꾸던 교직 생활이 거기 있었다고 매일매일 생각할 정도였으니까.

"얼마 전에 반에 안 좋은 일 있다 한 건 잘 해결됐어?"

"일단은 해결되었는데 또 반복될 것 같아요. 제 노력으로 어떻게 되지 않는 문제라 속상해요. 그래도 상담 선생님께서 학생 상담을 자주 해주시고 외부 기관과 연계해서 학생에게 도움을 주실 방향도 알아봐주셔서 완전히 막막하진 않아요. 예전에는 '학급에서 일어나는 모든 일을 내

사람과 사람 사이에는
틀림 말고 다름이 있을 뿐

가 미리 예방해야지.'라고 생각했는데, 요즘은 마음을 좀 고쳐먹었어요. 그럴 수가 없으니까, 최대한 하되 일이 터지면 그때 또 해결책을 찾으면 된다고 생각해요."

맞닥뜨려보니까 나에겐 그럴 힘이 있다는 것을 알게 되었다. 그리고 내 주변에는 나의 일을 본인의 일처럼 여기면서 도와주는 선배 선생님도 많다는 것도.

"와, 너 많이 컸다. 예전엔 어쩔 줄 몰라 하더니 이제는 제법 여유가 생겼네. 그래, 아이들은 바뀌어. 그러니 너보다 어린 사람들에게 선배 또는 부모의 마음을 가지려고 애쓰렴. 이 세상을 더 따뜻하게 바꿔주는 부드러운 마음들이지."

시인님이 말씀하신 '이 세상을 더 따뜻하게 바꿔주는 부드러운 마음'은 허용적인 마음이었다. 시인님은 어렸을 적, 덕스럽지 못한 마음을 가졌을 때 그것을 바로 나무라고 징벌하기보다는 스스로 나아질 수 있는 기회를 주는 어른들이 많이 계셨다고 한다.

"묵인은 아니지만 어린 사람이 제 길을 찾을 때까지 기다려주신 거지. 아이가 청소년기를 거쳐 어른으로 성장하기까지 많은 실수와 서투름 그리고 패덕이 있어. 옳지 않은 행동도 많이 하게 된다는 말이야."

　시인님은 초등학교 교장으로 퇴임을 하시기까지 수십 년의 세월을 학교에서 보내셨다. 그래서 내가 학교와 관련된 이야기를 하면 어떤 말이든 바로바로 이해해주셔서 시인님 앞에서는 더 마음을 터놓고 이야기하게 된다. 어떨 땐 관리자의 관점에서 조언해주시고, 어떨 땐 동료 교사의 관점에서 공감해주시며 내 생각과 행동에 대해서도 마음을 열고 지켜봐주신다.

　"옆자리 선생님께서 그러셨어요. 학급 운영을 할 때 잘됐으면 하는 마음에 바로바로 지적을 하기보다는 아이들이 스스로 깨닫고 변화하게끔 여유를 가지고 기다려주다 보면 결국 장기적으로 봤을 때 학년 말이 되면 아이들이 더 바람직하게 변한다고요."

　"그렇지. 나도 오랫동안 교직에 있었지만 내가 만난 아이들에게 가혹하게 했던 것 같아. 그게 퇴직하고 마음에 걸리더라. 나는 어른들로부터 용서와 관용을 통해 기회를 부여받았으면서 정작 내가 그래야 할 때는 더 기다려주지 못한 게 미안하고 후회돼. 어른들이 하는 작은 일은 아이의 일생에 큰 도움을 주는 계기가 될지도 몰라. 우리는 목마른 나무에 물을 주고 배고픈 사람에게 밥을 주는 사람이 되자꾸나."

아이들은 강하면서도 연약하다. 외부 환경에 민감하고 바깥에서 오는 풍파에 이리 흔들리고 저리 흔들린다. 아이들이 성장하면서 자신만의 기준이 생기고 스스로의 기준에서 영 아니라고 생각되는 다른 사람의 말쯤은 흘리듯 넘겨버릴 수 있게 되기까지, 그 내면의 힘을 기르는 것을 도와주고 싶다.

내게도 꼬꼬마 시절 아무 이유 없이 순수함을 지켜주려던 어른들이 계셨고 도움을 요청하지 않아도 내 마음을 먼저 헤아려 도와주시던 어른들이 많이 계셨다. 마트에서 불과 몇 발자국 앞에 있는 엄마를 잃어버린 줄 알고 엉엉 울고 있을 때 엄마가 곧 오실 거라며 함께 있어 주셨던 아주머니가 그랬고, 키가 닿지 않아 엘리베이터에서 꼭대기 층을 못 누르던 나를 대신해 늘 웃는 얼굴로 우리집 층을 눌러 주셨던 이웃집 아저씨가 그랬다.

아이는 잘해야지만 사랑받는 게 아니라 아무 이유 없이도 사랑스런 눈빛을 받을 존재라는 걸 많은 어른이 내게 알려주었다. 그런 따뜻한 마음을 다음 세대에게 넘겨주고 싶다. 우선 내가 만나는 어린 친구들을 있는 그대로 인정해주는 따뜻한 어른이 되어 주려 한다. 그리하여 내가 만나는 어린 친구들이 자신을 있는 그대로 인정하고 사랑할 수 있는 존재가 되도록 돕고 싶다.

값어치와 가치의 차이

잠깐의 정적이 흐르자 시인님은 내게 빵을 한가득 안겨주셨다. 대전의 유명한 빵집에서 내게 줄 빵을 사서 기차를 타고 이곳까지 오신 것이다. 롤 케이크만 두 개에, 케이크만 한 크기의 몽블랑, 마들렌 세트 등 쇼핑백이 두둑해서 전해 받자마자 그 무게로 손이 처질 정도였다.

"시인님, 뭘 이렇게 많이 가져오셨어요. 무거우셨을 텐데."

"넌 대전 잘 못 오잖아. 이럴 때 아니면 언제 이 집 빵 먹니."

시인님은 늘 오실 때마다 책이든 빵이든 뭔가를 가져다주신다. 마치 명절날 할머니 댁에 가면 쌀이며 참기름이며 국이며 반찬을 가득 챙겨주시는 것처럼 말이다.

감사한 마음에 나도 늘 선물을 준비했다. 그러면 시인님

사람과 사람 사이에는
틀림 말고 다름이 있을 뿐

은 더 좋은 선물을 주시거나 다음에라도 뭔가를 더 챙겨 주신다. 결국 늘 나는 받기만 하다 온다.

한번은 대학생 때 선물을 사놓고 시인님에게 드리지 못한 적이 있었다. 드리기 직전, 그 선물이 무척 초라해 보였기 때문이다. 나중에 스치듯 그런 적이 있었다는 말을 한 적이 있다.

내가 준비했던 선물. 시인님과 당감동에 시비를 보러가서 찍은 사진으로 만든 패브릭 포스터.

"뭐 어때. 다음에 만날 때 꼭 가져다줘. 알겠지?"

그러다 그 일을 잊고 있었는데, 무려 삼 년이나 지난 후에 시인님이 그 선물은 언제 가져다줄 것인지를 물으셨다. 아직까지 그 일을 기억하고 계신다는 것에 나는 깜짝 놀랐고, 얼마 전에야 다른 선물을 드리면서 그 선물을 함께 드리고 왔다.

사려 깊고 다정한 시인님이 오래도록 건강하게 글을 쓰셨으면 좋겠다. 더 오래, 길게 글을 쓰셔서 시인님이 가진 따뜻한 마음이 많은 사람에게 전해졌으면 좋겠다.

인간관계에서
굳이 먼저 마침표를 찍지는 마

/여섯 번째 울림/

슈퍼 리더십

끼익, 나무문을 열자 문학관 팀장님께서 마침 입구에서 손님들을 배웅하고 계셨다. 키가 큰 팀장님은 나를 내려다보시고는 싱긋 웃어주시며 끝방을 가리켰다.

　"시인님은 저기에 계세요."

　"인사드리고 올게요."

시인님은 가득 쌓여 있는 우편물을 뜯어보고 계셨다. 시인님과 대화를 하고 있자 중간중간 팀장님께서 들어오셔서 곧 다가올 문학제에 관한 일을 논의하고 나가셨다. 시인님은 이번 문학제 주제인 '두 사람'은 팀장님의 아이디어라고 했다. 글짓기도 두 사람이 함께하게끔 구성했고, 토크쇼 게스트도 가수 나태주를 불러 시인 나태주와 가수 나태주의 만남을 추진하셨다고 했다.

"난 팀장 의견에 전적으로 동의하고 모든 준비를 믿고 맡겼어."

시인님이 팀장님의 일 처리 방식과 사람 됨됨이를 뒤에서 칭찬하고 믿을 만한 사람이라고 이야기한 것은 이번이 처음이 아니다. 팀장님은 누가 봐도 좋은 사람이다. 차분하고 어질고 사려 깊다. 그리고 그런 팀장님이 업무를 잘해 나갈 수 있는 것은 리더인 시인님의 믿음이 뒷받침해 주어서일 테다.

"시인님이 생각하는 리더의 자질은 뭐예요?"

"함께 일하고 다른 사람이 효율적으로 일할 수 있는 분위기를 조장해주는 거야. 자신만이 결단력과 생산력을 갖는 게 아니라, 함께하는 각각의 조직원들이 주어진 만큼

사람과 사람 사이에는
틀림 말고 다름이 있을 뿐

본인들이 결정하고 실행하고 책임질 수 있도록 해주는 거지. 리더는 보다 더 큰 것을 봐야 해. 과거의 리더가 하나의 큰 발전기를 가지고 각각의 조직원에게 전기를 공급해 그들을 움직이게 했다면 오늘날의 리더는 조직원에게 등급이나 직책의 무게에 맞는 책임감, 자율권, 실행권을 줘야 해. 즉 조직원 각자에게 작은 발전기가 하나씩 있는 거지. 잘되는지 살피고 충돌이 있을 때 갈등을 해결해주고, 뒤에서 멀리, 깊게, 섬세하게 보되 자율권을 주고 그들이 스스로 실행과 평가를 하게 도와줘야 해. 단 잘못된 것은 과감하게 바로 잡아 교통정리를 확실하게 해주어야지. 그렇게 해서 다함께 승리하는 조직체를 이끌어가는 것이 리더라고 봐."

"슈퍼 리더십이네요. 리더의 리더가 되는 것 말이에요."

누구는 앞장서서 지휘하고 누구는 지휘자를 따르는 게 아니라 각각의 구성원이 자율성과 통제성을 가진 하나의 리더가 되는 것이다. 구성원들이 모두 셀프 리더가 될 수 있도록 동기부여하고 지원하여 조직의 목표를 달성해 나가는 것을 돕는 슈퍼리더십이야말로 오늘날 리더에게 꼭 필요한 역량이 아닐까.

사람은 자신을 존중해주는 사람에게 이끌린다. 자신을 귀하게 여기는 마음, 내가 나를 귀하게 여기지 못할 때조차도 나를 귀히 여겨주는 사람이 있었으면 하는 마음, 유능하고 싶은 마음이 있기 때문에 그렇다. 그렇기 때문에 나를 인격적으로 대해주고 조그마한 장점이라도 알아봐주는 사람과 함께하고 싶어 하는 건 당연지사다. 시인님이 말했다.

"다른 사람과 함께 일할 때도 '너'를 생각하는 마음가짐이 필요해. 팀원들의 입장에서 생각하는 거지."

"너를 생각하는 건 정말 모든 일의 해결책이네요."

다른 사람들과 잘 지내는 법

나이를 먹어 가면서 아쉬운 것 중 하나는 이제는 내게 직접적인 조언을 해줄 사람이 많지 않다는 것이다. 학창 시절엔 학교 선생님이, 대학교에 다닐 때는 교수님이 내가 흔들릴 때마다 바람직한 길을 알려주셨다. 그러나 사회생활을 시작하고부터는 스스로 행동을 통제하고 파악할 줄 알아야 한다.

그래도 가끔은 인생을 알려주는 어른을 종종 만날 때가 있다. 한번은 알고 지내던 모 기업 이사님과의 식사 자리에서 조언을 들었다.

"사람에게 호감을 얻는 방법은 말이야, 그 사람이 하고 싶은 말을 할 수 있게 해주는 거야. 그 사람이 잘하는 것에 대해 물어보고 좋아하는 것에 대해 반응해주면서 말을 이어나가게 도와주는 것이지. 사람은 자기가 하고 싶은 말을 하고 보여주고 싶은 모습을 보여준 사람과, 그 사람과 함께한 시간에 대해 긍정적인 감정을 가지게 되어 있어. 또 한 가지 중요한 것은, 상대적으로 내가 불편하면 상대가 편하고 내가 편하면 상대가 불편하다는 것을 기억하고 나의 불편함을 조금 더 감수하는 거야. 특히 사회생활 할 때는 있지, 남을 편하게 해주는데 목표를 두어야 해. 그리고 승리하는 것만이 목적이 아니야. 승리하되, 상대방의 피해를 최소화하는 데 집중하면 적을 만들지 않을 수 있어."

시인님은 언젠가 내게 이런 말을 했다.

"꼭 안 해도 될 말은 하지 말고 상대가 듣고 싶어 하는 말을 해줘. 상대방이 듣고 기분 나쁠 것을 알면서도 굳이 그 얘기를 입 밖으로 꺼낼 필요는 없어. 또한 사람은 우선 감이 있는 존재거든? 느낌의 촉수 같은 것이지. 그것이 상대방에 가서 긍정적으로 부드럽게 전해지면 듣기와 말하기가 성공적으로 이루어진단다. 공손함, 긍정적인 눈빛, 부드러운 몸짓, 그런 것들이 좋은 결과를 가져올 거야. 그러나 사람에 따라서는 그런 걸 오히려 어색하게 받아들이고 오해하려 드는 사람이 있어. 그러나 진심은 언젠가 받아들여지니 좀 길게 보고 기다려. 그리고 인간관계에서 굳이 먼저 마침표를 찍지는 마."

Tavern

Edna St. Vincent Millay

I'll keep a little tavern
Below the high hill's crest,
Wherein all grey-eyed people
May set them down and rest.

There shall be plates a-plenty,
And mugs to melt the chill
Of all the grey-eyed people
Who happen up the hill.

There sound will sleep the traveller,
And dream his journey's end,
But I will rouse at midnight
The falling fire to tend.

Aye, 'tis a curious fancy—
But all the good I know
Was taught me out of two grey eyes
A long time ago.

선술집 - 에드나 세인트 빈센트 밀레이

높은 언덕 꼭대기 아래서 / 나는 작은 선술집을 운영할 거예요 / 거기서 회색 눈을 가진 모든 / 사람들이 앉아서 쉴 수 있도록 말이죠

거기에는 음식이 많이 있고 / 마실 것들이 있어, 우연히 그 언덕으로 / 올라오는 모든 회색 눈의 사람들의 / 추위를 녹여 줄 수 있을 거예요

거기서 여행하던 사람은 잠들어 / 그의 여행의 끝을 꿈꿀 테고, / 나는 한밤중에 일어나 / 꺼져가는 불을 돌보겠죠

아아 이것은 이상한 환상— / 그러나 내가 아는 모든 선한 가치들은 / 오래 전에 내가 두 개의 회색 눈으로부터 / 가르쳐 받았던 것들이랍니다

나만의
별을 찾아

가슴속에
품기를

PART 2

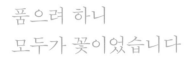

품으려 하니
모두가 꽃이었습니다

/일곱 번째 울림/

잡초란 무엇인가

하루는 아침 일찍 시인님을 뵈러 풀꽃문학관으로 갔다. 분명 정원에서 인기척이 들렸는데 어디에도 시인님이 보이지 않았다. 잠시 후 풀숲에서 허리를 구부정하게 굽히고 두 팔을 걷어붙인 채로 시인님이 나오셨다.

"시인님, 아침부터 뭐 하고 계셨어요?"

나만의 별을 찾아
가슴속에 품기를

"풀 뽑아."

"저도 할래요!"

"넌 이거 못 해. 안에 들어가서 차나 마셔."

"저 잘할 수 있어요."

"네가 이걸 어떻게 해. 그리고 여긴 벌레가 많아서 안 돼."

지난번에 왕거미를 보고 소리를 지르고 귀뚜라미를 보고 도망갔던 게 생각나 부끄러워졌다. 그때 시인님은 거미를 보고 무서워하는 사람은 네가 처음이라며 어이없어하셨다.

어릴 때부터 벌레는 모두 무서웠다. 벌레가 많다는 말에 내가 주저하자 시인님은 나를 데리고 함께 문학관 안으로 향했다. 그러고는 향기롭고 따뜻한 차를 내주셨다.

"언제 가야 하니?"

"저 여기서 한 시간 정도 있다 갈 거예요."

"그래. 안에서 시원하게 놀고 있어. 난 정원 일 좀 할게."

"같이해요, 시인님."

"안에 있어."

극구 말리는 말을 듣지 않고 졸졸 정원으로 따라 나가 시인님 옆에 쭈그려 앉았다. 시인님은 호미질을 하며 잡초

품으러 하니
모두가 꽃이었습니다

문학관 정원을 돌보시는 시인님

를 뽑으셨다.

"시인님, 저 한번 해볼래요. 호미 처음 봐요."

"그래. 이게 바로 호미야. 아냐, 구경만 해. 젊은 사람들은 이런 것 못 해."

주지 않으려는 시인님의 손에서 기어코 호미를 뺏었다. 뾰족한 부분을 땅에 콕 박고 그대로 들어 올렸다. 생각보다 별로 힘을 들이지 않았는데 땅이 파였다. 대지가 이렇게 연했던가.

나만의 별을 찾아
가슴속에 품기를

"시인님, 이거 완전 치유 그 자체인데요? 너무 재밌어요."

"맞아. 뽑히는 게 바로바로 눈에 보이잖아. 세상에 이렇게 결과가 바로바로 보이는 일이 잘 없어."

"왜 요즘 원데이 클래스 많잖아요. 잡초 뽑기 원데이 클래스도 있었으면 좋겠어요. 자연 속에서 아무 생각 없이 슉, 슉 뽑는 게 되게 중독성 있어요."

그렇게 내가 땅을 일구면 시인님이 장갑을 끼고 손으로 잡초를 뿌리까지 건져 올리는 일을 반복했다. 시인님이 말했다.

"좀 더 깊게 파 봐"

"이렇게요?"

"더, 더."

"이만큼요?"

"아니, 너무 많이 팠어. 이렇게 많이 파면 다시 땅을 메꿔야 해. 적당히, 적당히."

감이 없는 내게 '적당히'란 굉장히 어려운 말이지만 최대한 집중해 힘을 조절했다.

"시인님, 이것도 잡초예요?"

"잡초야. 꽃이 없잖아."

"시인님, 이건요? 제가 잡초가 아닌데 뽑을까 봐 걱정돼요."

"그것도 잡초야. 땅을 일구는 사람이 원하지 않으면 모두 잡초야."

"제가 뽑았는데 원래 여기서 꽃이 필 예정이었던 것이라면 어떡해요."

"잡초의 정의는 '내가 원하지 않는 풀'이야. 잔디밭에 채송화가 나면 채송화는 잡초일까 아닐까?"

"잡초죠."

"맞아. 사람도 그래. 사람들은 자기에게 도움이 되지 않는 사람을 싫어해. 이런 이분법적 사고 때문에 우리는 아군이 아니면 배척하지."

원하는 꽃을 옮겨 심을 때는 혹여나 뿌리가 다칠까 섬세히 파내면서 내 편이 아닌 잡초는 뿌리가 더 단단해지기 전에 속절없이 호미로 뽑아버린다. 심지어 세로로 꼿꼿이 서 있던 잡초의 몸을 가로로 눕힌 뒤 내 편의 거름으로 줘버리기까지 한다. 나를 지키기 위한 어쩔 수 없는 선택이었다고 해도 이는 꽤나 잔인한 일이 아닐 수 없다.

나만의 별을 찾아
가슴속에 품기를

모두가 귀하다

자꾸만 주목받지 못하거나 주류가 되지 못한 것에 눈길이
간다. 영화나 드라마를 봐도 삼각관계 중 이루어지지 못한
조연에게 마음이 쓰이고, 길거리를 지나칠 때도 벤치 아래
에 한 번도 사람의 눈길을 받은 적 없이 푸릇푸릇하게 피
어 있는 풀을 찾는다.

숨겨진 것, 관심받지 못하는 것이 보이면 정을 주고 장
점을 찾아내고 싶다. 모두가 자신이 잘하고 있으며, 예쁘
고 아름답다는 걸 알려주고 싶다.

"자세히 보면 예쁘고 사랑스럽지 않은 게 없지."

"시인님, 풀꽃 정신에 대해서 좀 말해주세요."

"풀꽃 정신? 내가 한 말은 아니고 어떤 기자님께서 이름
붙인 거야. '풀'은 하찮다고 천대받아. 누가 기르지도 않고
어떻게 보면 아무것도 아닌 거지. 그러나 '꽃'은 어때? 고
귀하고 모두가 원하는 거야. 가장 천한 것과 가장 귀한 것
이 연결된 말이 '풀꽃'이야. 사실 풀이 없으면 곡식도 없고
모든 게 없어. 천하지만 알고 보면 귀한 것이지. 기르려고
하면 꽃 아닌 풀이 없고 베려고 하면 풀 아닌 꽃이 없어.

내치려는 사람에겐 꽃도 풀이 되어버리지. 그런 마음으로 살아가고 사람을 대하고 싶어."

시인님의 시 〈꽃밭에서〉가 생각났다.

꽃밭에서

뽑으려 하니
모두가 잡초였지만

품으려 하니
모두가 꽃이었습니다

예쁘다, 예쁘다 하면 더 예뻐지고 잘한다, 잘한다 하면 더 잘하려 하는 게 사람이다. 내 앞의 사람을 더 아름답고 소중하게 보려는 내 마음에서 그 사람은 더 아름답고 소중해진다.

어느새 가야 할 시간이 되었고 나는 아쉽지만 일어나야

했다.

"시인님, 저 이거 또 하고 싶어요. 다음에 왔을 때 또 뽑게 잡초 남겨 놔주세요."

"에이, 그런 말 마."

> 너는 세상이 좋아서
> 세상에 온 사람

/여덟 번째 울림/

나만의 특별한 그 무엇

취업 준비생이던 시절, 첫 시험에서 떨어졌을 때였다. 결과가 나오자마자 많이 응원해주셨던 시인님에게 최대한 담담하게 메시지를 보냈다. 곧바로 전화가 왔다.

"많이 울었니?"

애써 밝게 "아니요."라고 답했고 시인님은 그다음에 오는 긴 침묵과 울먹임을 묵묵히 들어주셨다.

"많이 울었을 거야. 왜 안 그랬겠어."

통화를 마치고 애써 꾹꾹 참았던 눈물이 뚝뚝 흐르고 말았다. 불합격 소식을 듣고 일주일간은 내 인생에서 가장 자신감이 떨어졌을 때였다. 나는 언제나 자신감 넘치고 당당한 사람인 줄 알았다. 그 일주일을 지내며, 그냥 지금껏 실패하거나 뭔가가 부족했던 적이 없어서 항상 당당했던 것일지도 모른다는 생각을 했다.

이십 대 중반, 가장 쓸모 있을 시기에 나는 유용함을 뽐내지 못하는 존재였다. 그 일주일간, 스스로가 비오는 날 버려진 우산 같다고 생각하기도 했다. 가장 우산이 필요한 날임에도 지나가는 사람들에게 은근한 발길질을 당하며 길가로 밀려나면서 조금씩 찢어지는 우산 말이다. 무엇보다도 점점 본래의 나는 없어지고 취업시장에서 원하는 모습을 연기하는 나만 남은 것 같아 가장 힘들었다. 나는 나를 잃어 가는 중이었다.

그러나 시인님은 아니라고 했다. 누구나 잠시 자신의 본연의 모습을 넣어두게 되는 때가 있다고 했다. 그리고 너는 너만의 독특하고 단단한 그 무엇이 있는 사람이기 때문에 곧 다시 너 자신으로 돌아올 거라고 했다.

며칠 뒤, 시인님은 내게 시를 하나 보내주셨다. 자존감이 낮아진 내게 힘을 북돋워주고 싶으셨나 보다.

그건 시간문제야

너는 세상이 좋아서
세상에 온 사람
사람을 좋아하고
꽃을 좋아하고
맑은 하늘과 구름을 좋아하고
여행을 좋아하는 아이
기다리렴
조금 더 기다리렴
조금만 더 기다리면서
사람을 좋아하고
꽃을 좋아하고
맑은 하늘과 구름을 좋아하렴

나만의 별을 찾아
가슴속에 품기를

그리고 여행을 좋아하렴

그러다 보면

세상이 너를 사랑하고

사람들이 너를 사랑하고

꽃이 너를 사랑하고

하늘과 구름과 여행이 너를

사랑해줄 거야

그건 시간문제야

암 시간문제고말고

너 같은 아이를 사랑하지 않고

누구를 사랑하겠니……

취업 준비 기간은 개인이 사회의 일원이 될 자격과 능력을 검증받는 시간이다. 자꾸 불합격 소식을 듣다 보면 내가 가치 있는 사람인가를 스스로 의심하게 된다. 꿈을 향해 나아가는 그 과정이 너무 힘겨워 꿈이 흔들린다. 내가 과연 이 직업을 원했던가? 밝고 꿈 많았던 나는 도대체 어디에 있지?

사회로부터 거절당해 흔들리던 순간에 시인님은 〈그건 시간문제야〉라는 시를 선물해주셨다. 내가 여행과 사람을 좋아하고 시시각각 바뀌는 하늘을 올려다보며 행복해하면서 세상을 사랑하듯, 시간이 지나면 언젠가는 세상도 나를 사랑하고 선택해줄 것이라는 말을 시인님은 시를 통해 전해주신 것이다.

내 편이 되어주는 한 명

예상치 못한 순간에 기운을 주는 사람이 있다. 이리저리 치이다가 이제는 도로가의 물웅덩이에 몸이 반 쯤 잠긴 우산이 되었을 때, 나를 발견하고 건져 올려주는 사람이 있다. 몸속까지 들어온 빗물을 탈탈 털어주며 쓸 만한데 왜 여기에 있었냐고 말해주는 사람이 누구에게나 한 명은 있다.

포기하지 않고 그에 합당한 시간과 노력을 지속적으로 투자하면 언젠가는 꿈은 이루어진다. 시간이 흘러 나에게도 첫 출근을 하는 날이 왔다. 아침 여섯 시에 일어나 머리

나만의 별을 찾아
가슴속에 품기를

를 감고 화장을 하고 있는데 메시지가 도착했다. 시인님이
보내신 것이었다.

첫 출근

월요일 첫 출근
좋겠다
낯설고 설레겠다
모르는 사람들
만나러 가는 길
서툰 일
하러 가는 길
발길에 차이는
이슬방울
차라리 네가
이슬방울이 되어
모르는 사람들
서투른 일들에

스며라

하나가 되어라

네 뒤에서

웃는 내가 있다

멀리 기원

박수를 보낸다

설렘 반 긴장 반의 순간에 뒤에서 든든하게 응원해주는 사람이 있다는 사실만으로도 미소가 새어 나왔다. 시인님의 따뜻한 응원 덕택이었을까, 나는 정말 배려심 많고 존경스러운 직장 동료들을 만났다.

일을 시작한 지 얼마 안 되었을 때 한 직장 선배가 해준 말은 지금까지도 큰 힘이 된다.

"일을 계속 하다 보면 도저히 못 버티겠다 싶을 만큼 힘든 순간이 반드시 올 거야. 언젠가는 꼭 와. 여러 번 올 수도 있어. 여기서 일을 하면서 다른 사람들은 그런 순간을 어떻게 넘기는지 지켜봐. 그러면서 너만의 방법을 만들어봐. 네가 어떤 어려움을 겪든 그때 너의 편이 되어주는 사람이 분명 한 명은 있을 테니, 너무 걱정하진 말고."

　자신이 지나온 몇십 년의 과거를 되돌아보며 옅은 미소를 띤 채 말하는 선배가 당당해 보였다.

　"시인님도 정년까지 직장 생활을 하면서 힘들었을 때가 있으셨어요? 그때 시인님의 손을 끌고 가준 사람은 누구였어요?"

　"음, 중간중간 있긴 했는데, 사실 정말 오랫동안 없었어."

　"아, 근데 이 답변이 더 현실적인 것 같아요. 사실 늘 우리를 도와주는 사람이 있다는 건 이상적인 거고, 인생에서 홀로 서서 이겨내야 할 때가 훨씬 더 많잖아요. 우린 늘 외로운 싸움을 하죠."

　"그래. 그때 나는 나를 믿었어. 나에게 최면을 걸고 '더 가보자.'라고 되뇌었지. 그리고 솔직히 말하면 그 자리를 떠나버틸 자리가 없어서 어쩔 수 없이 견뎌낸 것도 있어. 다른 걸 할 자신이 없었거든. 스스로가 A급이 아니라 B, C급이라 생각했고 홀로 떨어진 섬 같은 사람이라 생각했지만, 그래도 어쩔 수 없으니 바람과 물결과 파도를 견뎠어. 나라고 해서 젊은 시절이 별반 다른 사람과 다른 건 아니지."

　"세상 사람들 살아가는 거, 느끼는 거 다 비슷해요, 정말. 그럼 그때 시인님을 견디게 해준 힘은 무엇이었어요?"

"첫째는 시, 둘째는 욕심내지 않기였어."

"시는 알겠는데 욕심내지 않기는 구체적으로 어떤 거예요?"

"더 나아가기 위한 특별한 과업을 하지 않는 거야. 예를 들어 내가 교장이었으니 특별한 교육청 사업을 하면 점수를 따서 거기서 더 나아갈 수 있었어. 근데 그러지 않았어. 그저 교장 자리만 지켜냈어. 무리하게 욕심내지 않고 거기까지로 만족한 거지."

주저앉았다가도 다시 일어날 수 있고, 아예 포기하지만 않을 정도의 내면의 힘만 있으면 된다. 현실과 타협해 가며 버릴 건 버리고 지킬 건 지켜 가며 그렇게 보통의 삶을 살아가고 싶다.

"그게 별이야."

"별이요?"

"별이 있는 사람은 어떠한 경우에도 절망하지 않으려고 최소한의 노력은 해. 반면에 별이 없으면 아주 사소한 일에도 타협하고 무너져. 예원아, 스스로에게 한번 물어볼래? 너는 네 안에 별이 있는 것 같니?"

"음, 저는 있는 것 같아요."

"그래. 내가 봐도 넌 있어. 세상 사람들도 모두 마음속에 별을 품었으면 좋겠구나. 너 같은 젊은 친구들에게 주는 시가 있는데, 들어볼래?"

"네. 들려주세요!"

그것을 믿어야 한다

별은 아슬하고 멀어
가질 수 없고
가까이 갈 수도 없다

그렇다고 별이 없다고
말하거나 별이
소용없는 것이라 말해선 안 된다

가슴속에 별이 있는 사람과
별이 없는 사람은 전혀 다르다

품으려 하니
모두가 꽃이었습니다

적어도 가슴속에 별 하나 숨기고

그 별의 안내를 받으며

살아가는 사람의 삶은 달라도 무언가 많이 다르다

가슴속 별을 따라 가면서 살다 보면

언젠가는 그 자신

별이 되는 순간이 끝내 오고야 말 것이다

그것을 믿어야 한다

하늘이 흐리다 해서

별이 없다고 말해서는 안 된다

별이 없다고 우겨서는 안 된다

나만의 별을 찾아
가슴속에 품기를

지루한 장마와
땡볕을 견딘 자만이
잘 익은 가을을 맞이한다

/아홉 번째 울림/

내게 남은 시간

하루는 시인님과 중국 요리를 먹으러 갔다. 마침 근방에
일이 있던 참에 맛집으로 유명한 곳이라 시인님에게 맛보
여드리고 싶었다. 원래는 대기 줄이 긴 곳인데 식사시간을
피해 가서인지 기다림 없이 바로 입장할 수 있었다.

"이 집은 이거랑 이게 유명해요, 시인님."

품으려 하니
모두가 꽃이었습니다

"그래? 우리 저거 먹자."

"유명한 걸 드셔보는 게 낫지 않을까요?"

"그냥 저거 먹자. 정 그러면 유명한 것 중에 하나만 작은 걸로 시켜보든지."

"그럴게요."

결국 A와 B 메뉴가 유명한 집에서 아무도 먹지 않는 C 메뉴를 먹게 되었다. 이렇듯 시인님에겐 조금 엉뚱한 면이 있다.

주문한 메뉴가 준비되는 사이 시인님의 휴대폰은 바쁘게 울렸다. 시인님은 식사를 하다가도 숟가락을 든 채 꽤 긴 시간 전화를 받고 있을 때가 많다. 아마도 맡고 있는 직책이 많아서 그럴 테다. 문학관에 시인님을 찾아온 손님, 시인협회 작가님, 여러 예술가님 등으로부터 몇 분 간격으로 계속 전화가 온다.

전화를 연속해서 두어 통 받는 사이 주문한 음식이 나왔다. 먹지 않고 있으니 휴대전화를 쥔 반대편 손으로 얼른 먹으라는 손짓을 하셨다. 괜히 쳐다보면 편하게 통화를 하지 못하실까 봐 그냥 내 앞에 놓인 밥그릇만 쳐다보고 아주 천천히 먹었다. 시인님이 통화를 마치고 느긋하게 식사해도 나와 함께 숟가락을 내려놓을 수 있도록 말이다. 조금 뒤 통화를 마친 시인님은 그제야 수저를 드셨다.

"식사라도 편하게 하셔야 하는데 너무 바쁘셔서 어떡해요."

"괜찮아. 나는 죽을 뻔했던 사람이잖니. 이렇게 바쁘게 살 수 있고 나를 찾아주는 곳이 많다는 게 감사할 따름이야. 죽다 살아나니 살아 있다는 것만으로도 얼마나 감사한지. 내게 남은 시간이 너무 짧게 느껴져."

라틴어로는 카르페 디엠(Carpe diem). 영어로는 시즈 더 데이(Seize the day). 우리는 언젠가는 모두 죽을 운명이기 때문에 현재를 즐기라는 말이다. 여기서 '즐기다'는 꼭 유흥을 즐기라는 뜻만은 아니다. 딱 그 당시에만 할 수 있는 일들, 예컨대 학생이라면 공부를, 직장인이라면 일을 열심히 해서 현재에 최선을 다하라는 말이다. 물론 사랑하는 사람들과 아름다운 풍경을 즐기며 마음 가는대로 심장이 시키는 일을 하는 일도 포함이다.

남은 시간이 무한하다고 생각했던 나는 시인님의 말을 듣고 경각심이 들었다.

"20대인 넌 나보다 남은 시간이 많은 건 맞아. 하지만 그 나이대만 할 수 있는 것을 하려면 시간이 많다고 할 수만은 없어. 너는 해야 할 게 많은 사람이야. 남들에게 돈이나 물건은 빌릴 수 있지만 단 한 가지 빌릴 수 없는 게 바로 시간이야. 시간을 소중히 여겨야 해. 세상에서 가장 소중한 것이 시간임을 알면 네 인생은 벌써 성공한 것이나 다름없어. 시간을 사랑해주렴."

이런 말도 덧붙이셨다.

"청년의 시간은 공짜가 아니야. 하루 일과가 끝나고 집에 와서 남는 시간 있지? 너만의 휴식 시간 말이야. 그때 뭘 하느냐는 온전히 너에게 달렸지. 그 시간을 잘 쓰도록 해. 분명 발전할 수 있는 시간이란다."

봄과 여름은 가만있어도 따뜻함이 감돌고 만물이 피어나는 시기이기에 청년의 시간은 꼭 부지런하게 보내지 않아도 대체로 풍요롭다. 이 시기에는 부모님을 비롯한 여러 어른들이 우리를 많이 도와주시기도 한다. 그러나 결국 가을이 오면 혼자 힘으로 일어나야 한다. 그리고 봄여름에 어떤 것을 심고 얼마나 정성껏 가꾸었는지에 따라 가을에 수확할 작물의 종류와 양이 달라진다.

"가장 풍요로운 계절 하면 가을이 떠오르지? 가을에 나

나만의 별을 찾아
가슴속에 품기를

뭇잎이 떨어지면 나무 아래 나는 낙엽 부자고, 찬바람이 불어오면 빈 들판에 선 나는 바람 부자가 될 수 있지. 그야 말로 남부러울 게 없어지는 계절인 거야. 그런데 말이야, 모든 이에게 풍성한 가을이 오는 건 아니란다. 지루한 장마와 땡볕을 견딘 자만이 잘 익은 가을을 맞이하게 돼."

해야 하는 일과 하고 싶은 일

시인님은 교장으로 정년퇴직할 때까지 현장에서 근무하면서 시를 쓰셨다. 교사들과 학생들로부터 '시인 교장'으로 불리던 시절이 참 행복했다고 하셨다.

가장 큰 목표가 훌륭한 시인이 되는 것이어서 매일매일 부지런히 글을 썼고, 노력한 결과물이 멋진 시를 쓰고자 하는 마음을 못 따라줄 때면 눈물을 많이도 흘리셨다고 한다. 지금도 시인님은 강연가, 수필가, 시인, 시인협회장 등 많은 일을 동시에 소화해내고 계신 'N잡러'다. 때론 힘에 부쳐 보이기도 하지만 한편으로는 그 모든 일 자체가 시인님에게 원동력이 되어주는 것처럼 보이기도

품으려 하니
모두가 꽃이었습니다

한다.

일은 크게 해야 하는 일과 하고 싶은 일로 나뉜다. 해야 하는 일이 늘 즐겁기만 하다면 더없이 좋겠지만 보통 계속하다 보면 권태와 피로감이 쌓인다. 아무리 좋아하던 일이었더라도 의무감이 생기고 반복되는 순간 부담스러워지거나 지루해질 수 있다.

나는 월요일에서 금요일까지 근무하고 저녁에는 헬스장이나 드럼 학원에 간다. 헬스장도 드럼학원도 가지 않는 날 저녁에는 침대에 큰 쿠션을 받치고 앉아 책을 읽거나 휴대폰을 하다가 일찍 잠에 든다. 주말 아침에는 늦잠을 자고 싶은 마음과 달리 늘 일어나는 여섯 시에 눈이 뜨인다. 괜히 억울한 마음에 잠이 오지 않아도 조금 더 누워 있다가 일어나서 친구를 만나거나 책을 읽고 글을 쓰거나 독서 모임에 나간다. 일주일의 루틴에 안도하는 동시에 권태로움을 느낀다.

글 쓰는 일은 즐겁다. 그러나 글 쓰는 과정 전부가 즐겁기만 한 것은 아니다. 글을 쓴다는 생각을 하지 않고 내 이야기를 쏟아내어 기록할 때는 백 퍼센트 즐겁다. 그럴 때는 아홉 시간 동안 밥을 먹지 않고 한자리에 앉아 글을 써도 하나도 피곤하지 않다.

그러나 한 권의 책으로 나오는 글을 쓸 때면 종종 스트레스를 받기도 한다. 이를테면 출판사에서 원고 보완 요구가 있을 때, 아무런 아이디어가 떠오르지 않을 때, 마감일이 점점 다가오는데 잠이 쏟아질 때가 있다. 또 개인적으로는 아끼는 부분이지만 대중에게 공감 받을 수 없기 때문에 원고를 덜어낼 때는 아쉬운 마음도 든다.

내게 직장 일과 책 쓰는 일은 즐거움과 고됨을 모두 안겨준다. 그리고 둘 모두 내게 주어져서 삶을 유의미하게 버틸 수 있다. 직장에서 힘든 일이 있을 때는 글을 쓰면서 치유를 받고, 글을 쓰다 막힐 때는 직장 일로 기분을 환기시킨다.

하나에만 몰두하는 것도 좋지만, 여러 일을 하는 것도 나름의 장점이 있다. 스트레스를 덜 받을 수 있으며, 하고 싶은 일이 원동력이 되어 해야 할 일을 빨리 끝낼 수도 있다. 지금처럼 해야 할 일을 하면서 하고 싶은 일도 하는 사람으로 소박하게 살아갈 수 있기를 소망한다.

좋아하지만 생계를 유지하기 어려운 일

대학로에서 활동하는 한 연극배우의 인터뷰를 보게 되었다. 그는 자신의 일에 대한 열정과 애정을 듬뿍 쏟아내더니 미래의 자식이 연극배우가 되고 싶다고 하면 추천할 의향이 있냐는 질문에는 대답을 머뭇머뭇했다. 사실 자신은 생계를 유지하기 위해 연극 스케줄이 없는 시간에는 아르바이트를 하고 있다고 했다. 부모님의 반대와 경제적 어려움이 따르지만 연기를 놓을 수가 없어 일단은 지칠 때까지 해보고 싶다고 했다.

"시인님, 좋아하는 일이 잘하는 일이고 먹고사는 데 지장이 없는 소득까지 연결된다면 얼마나 좋을까요? 그러나 많은 사람, 특히나 이제 막 꿈을 펼치기 시작한 이들은 상황이 그렇지 못한 것 같아요. 좋아하지만 생계를 유지할 수 없는 일인데도 계속해야 할까요? 아니면 가슴은 덜 뛰지만 생계를 유지할 수 있는 다른 일을 찾아야 할까요?"

"가장 좋은 방법은 내가 하고 싶은 일, 내가 좋아하는 일을 하면서 사는 것일 테지. 그렇지만 현실은 꼭 그렇지만은 않아. 그럴 때는 차선책을 찾는 게 좋아. 나는 아이들을 가르칠 때나 누군가에게 조언할 때 최선의 답도 좋지만 차선, 차차선이 더 좋을 수도 있다고 말해줘. 내 인생을 돌아봐도 그랬어. 나는 어려서부터 하고 싶은 일이 많았는데 그것은 성장함에 따라 변했어. 화가, 은행원, 법관, 중등학교 교사, 대학교 교수, 출판사 편집자 등등. 그러나 그 무엇도 되지 못하고 초등학교 교사로 일하면서 시 하나만을 줄곧 써 왔지. 그것은 실은 내가 능력이 있어서 그런 것이 아니라 무능해서 그랬던 거야. 그렇지만 그 끝은 나쁘지 않았어. 초등학교 직장을 지켰으므로 늙어서 연금 수령자가 되었고 시 하나만을 고집했으므로 이제는 제법 이름이 알려진 시인이 되었지."

나이를 먹어 가면서 점점 현실과 타협하게 된다. 대학시절, 정말 존경하던 교수님에게 "가슴 뛰는 일도 좋지만 그래도 일정한 수입원은 가져야 한다."라는 말을 듣고 어린 마음에 실망했던 적이 있다.

어떤 길을 가도 어떻게든 먹고살 텐데 이왕이면 한번 사는 인생 가슴 뛰는 일을 하는 사람이 안정적으로 살아가는 사람보다 멋지다고 생각했다. 나는 대책 없는 이상주

품으려 하니
모두가 꽃이었습니다

의자였다.

그때는 어쩌면 안정감이라는 것 자체에 반항심이 들었던 것일지도 모른다. 안정감. 그것 때문에 더 나아질 수 있는 기회를 날리고 하고 싶은 일을 참으며 살아야 한다는 생각이 마음에 들지 않았다.

주변 사람들의 말을 빌리자면 '생긴 것과 다르게 도전과 창의적인 것을 좋아하는 아이'인 나에게 우리 부모님은 평범하고 무탈하게, 큰 마음고생하지 않고 굴곡 없이만 살아가라고 말씀하셨다. 아마 차선, 차차선이 더 좋을 수도 있다고 조언해주시는 시인님의 마음도 그와 비슷한 맥락이겠지.

사실 아직도 잘 모르겠다. 현실에 너무 안주하고 싶지도 않고 그렇다고 심한 위험을 감수하는 것도 싫다. 매일을 안정과 도전의 줄다리기 속에서 살아가는 내게 시인님이 말씀하셨다.

"부모 마음은 그래. 내 자식이 평범하게만 살아줬으면 하지. 그러나 젊을 때는 많이 도전하고 경험해보는 게 바람직해. 나이가 들면 생각이 조금씩 자연스레 바뀌거든. 나만 해도 그래. 난 이제는 새로운 것, 더 좋은 것을 얻고

성취하기 위한 노력보다는 지금 가지고 있는 것만 잘 지

키는 쪽으로 살려고 해."

봄꽃이 되지 못했다면
기꺼이 겨울꽃이 되면 된다

/열 번째 울림/

언젠가는 반드시

"너무 서두르지 마. 일 안 하고 자기 공부하는 시간을 좀 가져도 괜찮아."

취준생이었을 때 시인님이 그리 말씀해주셨지만 당시의 내게는 전혀 와닿지 않았다. 나는 사회적으로 평범하게 여겨지는 나이에 취업하고 싶었다. 어떤 분은 내게 "스물

나만의 별을 찾아
가슴속에 품기를

다섯이면 벌써 늦었어."라고 말하기도 했다.

　우리 사회는 평범함을 참 좋아한다. 고등학교를 졸업하면 대학에 가고 대학을 졸업하면 곧바로 취업을 하고 취업을 하면 결혼하기를 원한다. 이르지도 늦지도 않게 봄에 만개하는 꽃을 보고 사람들은 환한 미소를 보내며 박수를 친다.

　겨울 추위를 이겨내고 아직은 차가운 기운을 뚫고 피어난 봄꽃은 그 자체로 환호 받을 만하다. 그러나 늦봄이 되어도 여전히 꽃봉오리인 존재도 있다. 주변 사람들의 걱정 어린 말들은 아직 꽃봉오리인 이들의 어깨 위로 올라가 묵직하게 얹힌다. 스스로 언젠가 필 꽃이란 걸 알면서도 괜히 풀이 죽는다.

　"시인님, 매 순간 노력해야 하는 건 맞지만 사람마다 때가 다른데 왜 이렇게 우리 사회는 나이에 맞게 주어진 과업을 착착 수행하길 바랄까요? 왜 우리는 늘 조급함에 쫓겨야 할까요?"

　"우리나라는 예로부터 인구수에 비해 자원과 자리가 부족했어. 빵이 10개뿐인데 받을 사람은 100명이니까 뛰고 달려야 했지. 그래도 요즘 젊은이들은 꼭 빨리 가야만 내 자리를 차지할 수 있다는 생각이 조금은 느슨해졌어. 그래도 여전히 조급해하지만."

내가 나중에 자녀를 낳았을 때 비슷한 처지에 처한 내 아이에게 조급해 말라고 말할 수 있을까? 부디 그런 사람이 될 수 있었으면 좋겠다. 꽃의 개화 시기가 저마다 다르듯 네가 사회 속으로 스미고, 화려함을 뽐내는 시기도 다르다고, 유채꽃과 벚꽃이 지고 나면 매혹적인 장미가 피고, 나팔꽃과 해바라기가 봄꽃보다 더 쨍한 색감으로 시선을 사로잡고 나면 노란 국화꽃이 세상을 덮고, 손을 얼릴 듯한 추위에 몸을 꽁꽁 싸매고 다닐 때 즈음이 되면 빨간 동백꽃이 핀다고 말하며 안심시켜줄 수 있는 어른이 되고 싶다.

"심리적으로 마음을 느슨하게 가지는 것 말고는 답이 없어. 성공하지 말란 말도, 성취하지 말란 말도 아니야. 늦게 가도 좋으니 천천히 가라는 말이야. 괴테도 말했잖니, 인생은 속도가 아니라 방향이라고."

겨울에도 꽃이 핀다는 것은 일 년 중 가장 추운 달에도 내리쬐는 햇빛이 있다는 말이다. 누군가는 그 겨울 볕 아래에서 꽃을 피운다. 우리는 오랫동안 추위에 떨다가 마침 내 자기만의 선명한 색을 겸손하게 드러내는 동백을 사랑한다. 그의 의연함과 꿋꿋함을 사랑한다. 봄꽃이 되지 못했다면 기꺼이 겨울 꽃이 되면 된다.

애매하다는 것은 관점의 차이

'나는 애매한 사람이다.'라는 생각을 해보지 않은 사람은 아마 없을 것이다. 지금은 어떤 분야에 아주 뛰어난 사람이라도 말이다.

한 가지 일에 매진하다 보면 부족한 점이 계속 보이고 배울 것이 끝없이 생긴다. 그러다 보면 잘하긴 잘하는데 그렇게 잘하는 건 아닌 것 같고, 좋아하지만 이걸로 먹고 살 만큼은 아닌 것 같다는 생각이 든다.

오 년이 넘게 준비해 공무원이 된 한 선배를 그의 임용 직후에 만났다. 오랜 기간의 수험생활이 끝나 기뻐하고 있을 줄만 알았는데, 그는 본인을 '회색 인간'이라 지칭했다.

자신은 특별히 잘하는 것도 못하는 것도 없고, 특별한 취향도 취미도 없으며, 진취적이거나 창의적이지 않아 누가 일을 주면 시키는 대로 하는 게 마음이 편하기 때문에 회색 인간이라는 것이다. 회색 인간으로 살다 보면 때로 '나는 왜 이렇지?'라는 생각이 든다고 했다.

가슴이 못에 찔린 것 같은 기분이 들었다. 회색 인간, 마치 내가 단 한 번도 내 삶의 주인공이 되지 못하고, 앞으로도 될 수 없는 사람을 뜻하는 단어 같지 않은가. 언젠가 시인님이 말씀하셨다.

"타인과의 비교가 너무 심해서 그래. 가치 척도가 지나치게 밖에 있다 보니 개인의 특성이 움츠러들어. 밖에 있는 존재가 지나치게 휘황찬란하니까 안에 있는 존재가 뭉개져버린 거야. 그 자체로서의 가치를 나부터 인정해주지 않는 거지. 원아, 나는 어떤 순간에도 나는 나라고 생각했단다. 시골에서 초라하고 가난하게 살던 순간까지도 말이지."

내가 아무리 높은 위치에 올라가더라도 내 위에는 늘 나보다 더 잘난 사람들이 있기 마련이다. 나를 더 나은 타인과 비교하는 일은 내가 더 성장하기 위한 발판으로 삼을 때만으로 충분하지, 타인과의 비교가 스스로의 가치에 부정적 영향을 미친다면 해봤자 별로 나에게 도움이 되지

나만의 별을 찾아
가슴속에 품기를

않는다.

　나는 여태 단 한 번도 무색무취의 사람을 만나본 적이 없다. 옅은 색이라도 사람은 모두 자기만의 색이 있고 장점이 있다. 다만 고유의 색을 스스로 인식하지 못하거나 사회적 필요에 의해 색이 묽어진 사람들은 종종 봤다.

　잘 생각해보면 회색이라는 색도 장점이 참 많은 색이다. 처음 봤을 그 당시에는 비록 눈에 잘 띄지 않는 색일지라도 어디든 어울리고 오래 봤을 때 질리지 않는 색 또한 회색이다. 만약 본인이 빨강이나 노랑 같은 원색적인 사람이었다면 도리어 무난한 회색을 부러워했을지도 모른다. 우리는 늘 가지지 못한 것에 미련을 가지고 살아가는 사람들이니까 말이다.

　시인님의 말씀처럼 가치척도를 내 안에 두고 산다면 현재 뿐만 아니라 미래도 더 행복해질 것이다. 아직 나의 색을 발견하지 못하였더라도 '나'는 '그들'이 아닌 '나' 임을 인지하고 나의 내면을 잘 들여다본다면 나만 보지 못하고 있던 나의 색을 곧 발견하게 될 것이다.

성공의 기준은 어디 있을까

시인님은 본인이 나이가 든 사람이라 좋다고 하신다. 과거보다 현재가 더 만족스러울뿐더러 자만하지 않고 남이 아닌 본인 스스로를 기준으로 삼으며 발전해 나갈 수 있다고 말이다.

누군가 성공이 무엇이냐고 묻는다면 '어제의 나보다 조금 더 나은 사람이 되는 것'이라고 답하고 싶다. 거창한 무언가가 되고 싶은 게 아니라 그저 과거를 그리워하는 사람이 되고 싶지 않다.

현재의 내가 마음에 들지 않고 당당하지 않아 과거에 빠져 살았던 때가 있었다. 그때 나는 과거를 그리워하지 않으려면 현재 무언가를 부단히 해야 한다는 것을 깨달았다. 그런 점에서 과거보다 현재가 더 만족스럽다는 시인님의 대답이 참 멋지게 느껴졌다.

언젠가 시인님과 성공에 대한 얘기를 나누었는데 시인님에게서는 나와 비슷한 맥락의 생각을 하고 계셨다.

"성공은 범위를 어떻게 잡는지에 따라 달라져. 인생 전체의 성공이 가장 중요할 텐데 인생의 성공이란 내가 되

나만의 별을 찾아
가슴속에 품기를

고 싶은 사람이 되는 거야. 청소년 시절 내가 되고 싶은 사람이 되기 위해서 일생 동안 노력한 나머지 노년에 이르러 그 사람을 자기 안에서 만나는 사람이 진정으로 성공한 사람이지. 그런 점에서 나는 지금도 내가 되고 싶은 사람을 만나러 가는 길 위에 있어. 내가 가는 길 끝에서 또 하나의 내가 나를 맞아줄 때 비로소 나는 성공한 사람이라고 생각해. 성공의 기준이 오로지 내 안에 있는 셈이지."

타인과의 비교에서 우위를 점하거나 부와 명예를 좇기보다는 어제보다 나아진 내 모습에 만족하며 편안한 마음으로 하루를 끝낼 수 있다면 이보다 더 큰 성공과 행복이 어디 있으랴. 그렇게 하루하루를 만족스럽게 보내다 보면 언젠가 이상적인 나를 내 안에서 만나게 되는 날이 올 것이다. 시인님의 성공에 대한 정의가 잘 녹아 있는 시를 옮기며 이번 주제를 마무리한다.

성공

나는 지금도 가고 있는 중이야

나는 지금도 두리번거리고 있는 중이야

내가 모르는 곳

내가 모르는 사람들 찾아서

지금도 가고 있는 중이야

다만 아는 건 누군가가 나를

기다리고 있다는 것

그 사람이 좋은 사람이라는 것만 알아

나는 지금도 서 있는 중이야

나는 지금도 다리가 아픈 중이야

그래도 좋아 왜냐면

나는 지금 내가 만나고 싶은 나를

만나러 가는 길이니까 말이야

나만의 별을 찾아
가슴속에 품기를

Unharvested

Robert Frost

A scent of ripeness from over a wall.
And come to leave the routine road
And look for what had made me stall,
There sure enough was an apple tree
That had eased itself of its summer load,
And of all but its trivial foliage free,
Now breathed as light as a lady's fan.
For there had been an apple fall
As complete as the apple had given man.
The ground was one circle of solid red.

May something go always unharvested!
May much stay out of our stated plan,
Apples or something forgotten and left,
So smelling their sweetness would be no theft.

안 거두어들인 – 로버트 프로스트

담장 너머로 풍겨오는 잘 익은 내음 / 매일 다니던 길을 벗어나 / 무엇이
내 걸음을 멈춰 세웠는지 찾아가 보았더니 / 사과나무 한 그루가 / 여름의
짐을 편안히 내려놓고 / 나뭇잎 몇 개만 남겨 둔 채 / 여성의 부채처럼 가
볍게 숨 쉬고 있었다 / 사람들에게 충분할 만큼 / 가을 사과는 풍작이었기
에 / 땅은 속이 꽉 찬 사과로 원을 이루고 있었다

안 거두어들인 무엇이 늘 있어 주었으면! / 우리의 정해진 계획 밖에 있는
것들이 더 많아졌으면, / 사과든 무엇이든 잊어버린 채 남겨두어 / 그 달콤
한 향기를 맡는 게 죄가 되지 않도록

죽음
이후는

어차피 나는
모르는 것을

PART 3

> 해야 할 일을 넷으로 나누고
> 4순위는 신경을 끄는 거야

/ 열한 번째 울림 /

건강의 비결

"예원 씨, 일어나 봐요. 다 왔어요. 시인님은 벌써 내리셨어요."

분명 조금 전까지 조수석에 앉은 시인님과 운전석에 앉은 다른 작가님이 나누는 대화를 뒷자리에 앉아 듣고 있었는데, 깜빡 잠들었나 보다. 삼십 여분 차를 타고 이동하는

죽음 이후는 어차피
나는 모르는 것을

새 말이다. 그날은 지역을 벌써 세 개째 이동했던 날이었다. 체력이 약한 편인 나와 반대로 시인님은 체력이 강하다.

"시인님은 어떻게 그렇게 항상 활기가 넘치세요? 피곤하지 않으세요?"

"잠을 많이 자. 혼자 기차 타고 어디 갈 땐 항상 자면서 가."

"밤에 글 쓰신다고 새벽까지 깨어 있으시니까 그런 쪽 잠은 당연히 주무셔야죠. 그거 말고 다른 건강 유지 비결이 궁금해요!"

"건강에서 일차적으로 요구되는 것은 섭생이야. 오래 살려고 노력하는 마음이지. 그렇게 되면 무슨 일이든 무리하지 않게 돼. 우선 먹고 마시는 일에 무리가 없어야 하지. 그리고 자고 쉬는 일이 중요해. 담배, 과도한 음주는 나쁘지. 젊어서는 술을 마셨는데 나이 들어서는 술을 안 마셔요. 2007년도 큰 병에 걸려 죽을 고비를 넘겼을 때도 젊어서부터 담배를 안 피운 일이 크게 도움이 되었다고 생각해."

잠시 생각에 잠기셨다가 말을 이으셨다.

"그리고 근심 걱정을 많이 하는 것도 건강에 나빠. 마음을 좀 더 느긋하게 가지려고 노력해야 해. 자신을 자꾸만

시인님은 지금도 가까운 거리는 자전거를 타고 다니신다.

달래야 하지. 나이가 들어가면 능력이 자꾸 떨어져 나가.
돋보기를 쓰지 않으면 잘 볼 수가 없고 젊었을 때처럼 밤
을 새워 일하다간 며칠 동안 몸을 못 쓰게 될지도 몰라. 나
이 들어감이란 쓸쓸함이고 억울함이야. 하지만 그걸 바꿔
서 내려놓음이라고 생각하려 한단다. 내 몸의 변화를 받아

들이고 수긍하면서 남은 생을 나만을 위해 살지 않고 타인에게 도움을 주며 살아가려는 마음가짐을 지니는 것 또한 건강해지는 방법일 것 같아. 나도 이 부분은 여전히 노력 중이야."

어릴 때는 정신력만 있으면 무엇이든 할 수 있었다. 몸은 한없이 건강하니 마음만 먹으면 못할 게 없었다. 그러나 요즘은 건강한 신체에 건강한 정신이 깃든다는 말에 백번 공감한다.

오래오래 건강하게 하고 싶은 일을 하기 위해서는 일부러라도 쉼을 가져야 한다. 또 늘 좋은 생각을 하려 노력해야 한다.

이 밖에도 건강과 관련된 이야기를 하면 시인님에게서 꼭 덧붙이는 말씀이 있다. 바로 사모님 이야기.

"나는 결혼을 잘했어. 아내 되는 사람이 오직 나만을 위해서 살아주는 사람이야. 그래서 약한 몸인데도 그런대로 지탱하면서 살아가. 고마운 일이지."

품으러 하니
모두가 꽃이었습니다

하루하루 꾸준히, 몸이 기억하도록

나는 여유롭게 움직이는 걸 좋아해서 늘 아침 여섯 시에 일어난다. 20분간 몸을 움직여 잠을 깨고, 샤워를 하고, 화장을 하면서 부모님이 챙겨주신 삶은 달걀과 찐 단호박을 먹고, 마지막으로 비타민을 삼키고 집을 나선다. 그러면 업무 시작 시각보다 30분 일찍 직장에 도착한다.

내 자리에 가방을 두고 근처 어딘가 또는 휴게실에 가서 책을 읽는다. 가끔 비오는 날 빗물이 똑똑 떨어지는 소리를 들으며 책을 읽으면 그렇게 행복할 수가 없다.

내가 생각하는 이상적인 주말은 10시까지 늦잠을 자고 베개에 얼굴을 비비며 한 시간쯤 더 뒹구는 것이다. 평일에 '5분만 더 자고 싶다.'라는 바람을 주말에 충족하고 싶달까. 그러나 생각과 달리 내 몸은 주말에도 늘 아침 여섯 시면 잠을 깬다.

"시인님, 저는 주말에 늦잠 자고 싶었는데, 글쎄 꼭 여섯 시가 되면 저절로 눈이 떠지지 뭐예요."

"나도 지난주에 미국에 강연 다녀오고서부터 계속 새벽 두 시만 되면 깨. 몸이 기억한다는 게 신비하지 않니?"

죽음 이후는 어차피
나는 모르는 것을

나도 모르는 새 몸에 밴 습관은 생각보다 강력하다. 일단 습관이 들면 내 의지에 반하더라도 몸이 저절로 움직인다. 그런 의미에서 좋은 습관을 들이는 것은 큰 자산이 된다.

시인님은 자주 배가 아프시다. 과거 수술을 하셨지만 한 번 망가진 몸이 완전히 돌아오지 못한 탓이다. 그래서 시인님은 가능하면 고기와 자극적인 음식을 삼가고 소식하신다. 옛날에는 술도 자주 마셨으나 이제는 드시지 않는다. 노력하여 건강한 식습관을 들인 것이다.

예전에 나는 야식을 즐겨 먹었다. 라면, 치킨, 피자, 족발, 보쌈 등 달고 짠 음식들이 밤마다 그렇게 당길 수가 없었다. 꼭 배가 고프지 않아도 그 시간만 되면 그냥 먹고 싶었다.

그러다 어느 날을 기점으로 큰맘먹고 야식을 끊었다. 그리고 저녁은 6시에 먹고 6시 30분 이후부터는 물만 서너 컵 마시기로 정했다. 처음에는 너무 허기져서 잠도 잘 오지 않았지만, 어느 순간부터는 또 적응이 되어 하나도 배가 고프지 않았다.

생각보다 몸은 새로 정한 습관에 잘 적응한다. 해로운 습관을 지금부터 하나씩 이로운 습관으로 바꾸다 보면 얼마

지나지 않아 곧 몸이 기억하여 의식적으로 노력하지 않아도 건강한 방식으로 살고 있는 나를 발견하게 될 것이다.

배앓이와 신경성 스트레스

취업 준비생이던 시절, 하루는 아침에 눈을 뜨자마자 몸은 가만히 있는데 세상이 돌아가는 경험을 한 적이 있다. 결국 다시 누워 눈을 꼭 감고 조금 더 잠을 청해야 했다. 어느 병원에 가든 의사의 진단은 복사한 듯 똑같았다.

"신경성이에요. 스트레스를 받지 않는 게 중요해요."

혹시 몰라 건강 검진까지 했으나 나는 수치상 아주 건강한 사람이었다. 의사 선생님은 모든 것이, 특히 위장은 매우 깨끗하고 건강한 편이라고 말하셨다. 딱히 약이 없으니 건강한 음식을 먹고 잠을 충분히 자라는 처방만 줄 뿐이었다.

한번은 시인님도 스트레스를 받으시냐고 물어보았다. 시인님은 본인도 예외가 아니라고 답하며 말을 이으셨다.

"젊은 시절엔 동료들한테서 스트레스를 받았지. 그들이

나보다 경제 능력과 사회적 능력이 우월할 때 정신적으로 위축되었어. 가정에서는 아내와 부모님과의 부조화, 자녀 교육 문제 등으로 스트레스를 받았어. 또 개인적으로는 좋은 작품을 쓰고 싶고 문학상을 받고 싶다는 소망이 스트레스가 되었지. 이제는 그런 것들보다는 건강 문제로 스트레스를 받아. 나이가 드는 것도 스트레스지."

나는 잘하고자 하는 것에 신경을 덜 쏟으면 오히려 더 스트레스를 받는다. 그래서 꼭 잘하고 싶은 것과 아닌 것을 구분해서 전자는 기꺼이 스트레스를 감수해 부딪치고, 후자는 의식적으로 일정량 이상 생각하는 걸 차단해버린다. 후자까지 내가 잘할 필요는 없다는 마음으로 말이다.

"그럼 시인님은 스트레스를 덜 받기 위해 어떤 노력을 하세요?"

"나는 내 앞에 닥친 일을 네 가지로 나누어서 처리해. 순위가 있다는 것이지. 1순위는 급하고 중요한 일, 2순위는 중요하지 않지만 급한 일, 3순위는 급하지 않지만 중요한 일, 4순위는 급하지도 않고 중요하지도 않은 일로 말이야. 그리고 4순위의 일은 될수록 하지 않으려고 해. 성공하는 사람은 3순위의 일을 끊임없이 하는 사람이라고 생각해.

품으려 하니
모두가 꽃이었습니다

나는 40대부터 그렇게 살았어. 나만의 삶의 법칙이지."

모든 것을 잘하려고 하는 욕심만큼 나를 못살게 구는 것은 없다. 내가 잘하고 좋아하는 일을 더 오래오래 하려면 일의 경중을 구분하여 태도를 달리하는 자세가 필요하다.

부끄러운 것도 내 것이라는 걸
인정하려고 해요

/열두 번째 울림/

나를 받아들이기

시인님이 한 백화점 강연에 초청을 받은 날이었다. 조금
일찍 온 시인님은 자리에 앉아 물을 마시며 쉬고 있었는
데, 강연을 들으러 온 사람들 너나없이 책을 들고 나와 사
인을 요청했다. 순식간에 줄이 길게 늘어서버렸는데 강연
시작이 코앞으로 다가왔다.

품으러 하니
모두가 꽃이었습니다

백화점 관계자는 강연 후에 사인을 받으라며 사람들을 착석시켰다. 그런데 그중 한 여자분이 맨 뒤에 시인님 가방을 들고 앉아 있던 내게 다가왔다.

"예원이 맞지?"

내가 고등학생 시절 잘 따랐던 국어 선생님이셨다. 선한 성격에 청순한 외모로 인기를 독차지했던 그 당시 우리들의 연예인 같은 선생님이었다. 몇 년 전 결혼을 했고 남편분과 함께 강연에 왔다고 했다. 시인님의 강연장에서 과거 은사님을 뵙게 되다니, 생각지 못한 선물을 받은 느낌이었다.

곧 강연이 시작되었다. 시인님은 준비하고 계시는 전집 이야기를 꺼내셨다. 이미 출판된 전집도 있지만 그것과는 조금 다르다. 시인님은 예전에는 시가 모이면 잘 쓴 작품들만 모아서 전집을 구성했는데 이번에는 모든 시를 다 수록할 계획이라고 했다.

"이제는 마음이 달라졌거든요. 부끄러운 것도 내 것이라는 걸 인정하려고 해요."

강연이 끝나고 나는 시인님에게 물었다.

"모두가 그러고 싶다고 생각하지만 큰 용기가 필요한 일이잖아요. 나 스스로 부족하다는 생각이 드는 걸 대중

죽음 이후는 어차피
나는 모르는 것을

앞에 내놓는 것 말이에요."

"늙어서 가능한 일이지, 뭐. 나도 젊을 땐 자랑스러운 것만 내 것이라 생각했는데, 이젠 숨기고 싶은 것도 내 것으로 인정해야 하지 않을까 싶어."

시인님은 통정성에 관한 이야기를 덧붙였다. 통정성은 자기의 모든 것을 통틀어 보고 인정하고 받아들이는 것이다.

"통정성의 반대는 후회와 자기 부정이겠네요."

"그래, 자기를 부정하면 불편해져."

"자기 불만에서 나오는 비루함이라는 감정도 있잖아요. 얼마나 불편한 감정이에요."

"우리는 유연성을 가져야 해. 63빌딩도 멀리서 보면 흔들리지 않니? 고층 빌딩은 일부러 그렇게 지어."

"흔들려야 무너지지 않으니까요. 저도 가끔은 제 성격 가운데 맘에 안 드는 면을 고치고 싶단 생각을 하는데, 타고난 기질이 있어 고치기 어렵더라고요. 근데 모든 성격에는 장단점이 있잖아요. 예를 들어 섬세함과 예민함, 단순함과 둔감함이 하나의 성격에서 함께 따라오는 것처럼요. 그래서 이제는 제 성격에 단점이 있다는 걸 받아들이고 그것을 장점으로 발전시키면서 살기로 했어요. 그게 정신

건강에 좋더라고요."

"무엇이 되었든 본인을 지나치게 부끄러워할 필요가 없어. 잘못된 건 고쳐야지. 그렇지만 그게 아니라면 어느 정도는 받아들이고 사는 게 본인에게도 주변인들에게도 좋아."

견디고 버티면 좋은 날이 와

그날 강연에서 시인님은 우울증을 앓았던 과거 이야기를 했다. 하루에 많게는 세 지역을 순회하며 언어를 통해 사람들의 평범한 일상을 희망과 행복의 시공간으로 바꿔주시는 시인님이시지만 힘들었던 시기가 있었다. 시인님은 한때 정신적으로 크게 충격을 받고 아주 가벼운 우울증에 걸렸다. 병원에 가 상담을 받고 약을 복용하여 다행히 이겨내셨다.

"견디고 버티면 좋은 날이 와요."

강연이 끝난 뒤 내가 물었다.

"어쩌다 우울증에 걸리게 되셨는지 여쭈어봐도 될까요?"

"60세 전후에 친구로부터 경멸 어린 말을 들었어. 매우

죽음 이후는 어차피
나는 모르는 것을

억울했고 분했지. 충격적인 말 한마디에 실어증이 오고 사람이 싫어지더니 우울증이 오고야 말았어. 충격이 도파민과 세로토닌을 적게 나오게 만들어버린 거지. 사람이 많이 모이는 곳에 나가기가 두렵고, 만사가 귀찮고, 하고 있던 일도 진척이 되지 않았어."

나에게 비협조적이거나 날 선 말을 내뱉는 사람들을 만났을 때, 사회의 기준에 미흡하다는 생각이 들었을 때 보통 우리는 상대방이나 사회의 기준에 자신을 맞추려 노력한다. 그러다 보면 겉으로는 아닌 척해도 속은 곪아 갈 것이다.

같은 일이라도 저마다의 성향에 따라 크게 상처받을 수도 아무런 타격을 받지 않을 수도 있다. 그러므로 특정 사건이 개인에게 얼마나 큰 상처를 줄지는 당사자밖에 알 수 없다.

"그땐 내가 죽어야만 될 것 같았어."

"네? 그냥 생각만 하신 거죠?"

"아니. 진짜로 나를 조여 오는 게 있었어. 주로 저녁 어스름 녘에 심해졌어. 날이 어두워지면 불안해지고 '죽을 것 같다'가 아닌 '죽어야 한다'는 느낌이 들었고 실제로 가

품으려 하니
모두가 꽃이었습니다

슴이 아프고 떨리는 등 육체적 고통도 일었어."

시인님이 그런 고통스런 시간을 겪으셨다는 게 너무 마음이 아팠다. 이겨내신 것만으로도 너무 대단하다고, 감사하다고 말하고 싶었다. 어떻게 극복해냈냐는 물음에 시인님은 간단하다는 듯 말했다.

"도저히 견딜 수 없던 날, 아내한테 말했어. '나 죽을 것 같아 여보. 병원에 가야겠어.' 그랬더니 이미 신경정신과 치료를 받고 있던 아내가 그러더라고. '내일 나하고 내가 다니는 정신과 병원에 같이 갑시다.' 다음 날 의사와 많은 이야기를 나눴지. 나더러 우울증 초기래. 일단 약을 한두 달 먹어보자고 하더라고. 약을 먹었더니 나았어."

"사실 현대인에게 우울이라는 감정은 정도의 차이가 있을 뿐 만연해 있는 질병이에요. 외부에서 힘든 일이 있을 때 일시적으로 오기도 하고요."

"그럼. 밖에서는 자신감 있는 척하다가 집에만 오면 내가 보잘것없다고 느끼는 사람도 많잖니."

그러면서 우울증은 분명한 질병이라며 절대 방관해서는 안 된다고 강조하셨다. 의사와 상의하고 필요하면 약을 먹으면서 우울증에서 벗어나려는 노력을 해야 한다고 하

죽음 이후는 어차피
나는 모르는 것을

섰다.

"그런데 아직까지도 외부의 시선이 두려워서 병원에 가지 못하는 사람도 많아요."

"본인이 용기를 가져야 해. 정신과 약은 약국까지 가지 않아도 병원 안 조제실에서 다 만들어줘. 처방전을 밖으로 유출하지도 않는다니까."

"병원 안까지만 갈 용기만 있으면 되는 거네요."

"그렇지. 우울증은 감기 같은 거야. 감기에 걸렸으면 병원에 가서 약을 먹어야지. 우울증은 누구나 언제든 걸릴 수 있는 거야. 사회적으로도 너그럽게 봐주었음 해. 주변에 우울증에 걸린 사람이 있다면 지나치게 걱정해주지도 말아야 해. 그저 그 사람에게 기회를 줘야 해. 과도한 관심을 내비치며 요란하게 걱정할까 봐 나는 그게 더 걱정돼. 그런 사람은 오히려 마음속으론 고소하다고 생각하고 있을지도 몰라. 정신의학과에 대한 과도한 관심부터 버려야 해. 내 일이라고 생각하면 그렇게 못하지. 다른 사람을 소중하게 생각하고 관대하게 봐주는 '너'를 생각하는 마음을 가지기를 바랄 뿐이야."

강연을 듣고 집으로 돌아가는 길, 우울증에 관한 이야기를 나눠서일까, 곧바로 집에 가기에는 마음이 무거워 잠시 공원 벤치에 가만히 앉아 앞을 바라봤다. 바람이 불어오니 포슬포슬한 연둣빛 잎들이 마구잡이로 흔들렸다. 그러다 바람이 멈추면 잎도 따라 멈췄다.

사람마다 각자 견딜 수 있는 무게가 다르다. 어떤 사람은 부는 바람에도 마음이 찢기고 무너져 내릴지도 모른다. 조금 흔들리다가 결국 제자리로 돌아가는 사람도 있겠지만 반대로 그냥 툭 부러져버리는 사람도 있을 것이다.

누군가의 아픔에 함부로 입을 열기가 조심스러워진다. 마음을 달래려 건넨 말이 말하지 않은 것만 못할까 봐 아픈 이의 손만 자꾸 만지작거리다 눈빛으로 대신 위로를 건넨다.

죽음 이후는 어차피
나는 모르는 것을

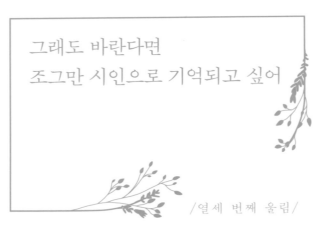

그래도 바란다면
조그만 시인으로 기억되고 싶어

/열세 번째 울림/

예고 없는 작별

원고 문제로 상의드릴 일이 있어 시인님에게 전화를 걸었던
날이었다. 그날따라 시인님 목소리가 너무 처져 있었다.

"시인님, 혹시 몸이 편찮으세요?"

"그냥 울적해서 그래. 오늘 집사람이 병원을 두 군데 다
녀왔거든. 백내장 수술 후 검사도 받고 건강검진도 하고

왔어. 원래 아내는 불면증 때문에 늦게, 열두 시 반이나 한 시가 다 되어서야 자거든? 그런데 오늘은 내가 인터뷰를 끝내고 아내와 이야기를 좀 나누려고 갔더니 열시 반인데 벌써 자고 있더라고. 아. 우리가 죽을 때도 이렇게 서로 말 없이 인사도 없이 죽어버리는 게 아닌가 싶어 우울했어."

"어떤 감정인지 알 것 같아요. 오늘 사모님께서 병원 다녀오시느라 많이 피곤하셨나 봐요."

"그러게. 우리 부모님도 그랬어. 내가 일흔 다섯 때 어머니께서 돌아가셨는데 그때 아버지께서도 병원에 계셔서 서로 떨어져 있는 상태에서 서로의 얼굴도 못 보고 그렇게 어머니가 가버리셨어. 왜, 성경에 보면 죽음이 도적같이 온다고 하잖냐."

"죽음은 예고 없이 오죠. 얼마 전이 시인님 어머니 기일이셨죠?"

"어떻게 알았냐? 너 똑똑하다."

"그냥 그쯤된 것 같았어요."

"그래도 이런 걸 말할 너라도 있어 참 좋다. 내가 시집을 읽고 있었는데 참 좋은 시가 있어. 양애경 시인의 〈강아지 똥〉이라는 시인데 한번 들어볼래?"

죽음 이후는 어차피
나는 모르는 것을

강아지 똥

- 양애경

가만히 있었다
문에 기대어
밥도 먹지 않고
물도 먹지 않고

아가 힘내, 사랑해
했더니
귀가 쫑긋, 했다
입꼬리가 살짝 올라갔다

학교 다녀오니
굳어 있었다

15년 8개월 살고
강아지 하늘나라 가고

마당에 강아지 똥 두 개가 남았다
화단에, 밤톨만 한 거
벽 옆에, 은행알만 한 거

며칠 지나니 색깔이 까매졌다

엄마가 가만히 보시며
그립구나
하셨다

그래서 두 달이 지난 오늘도
치우지 않는다

"강아지 시체는 결국 시인이 집 밖으로 데리고 나갔대.
내가 양애경 시인한테 물었어. 왜 버렸냐고. 썩어서 냄새
가 나고 다음 날 엄마가 퇴원해야 해서 버렸대."

"쓸쓸하고 허무해요. 사는 게 뭔가 싶어요."

남녀 사이에 이별을 할 때도 헤어지자는 말을 입 밖으

로 꺼내기 전에 신호를 보내 상대가 마음의 준비를 할 수 있게 하지 않던가. 혹은 잠시 시간을 갖거나 결국 헤어지더라도 얼마간 연락을 받아주며 상대가 마음을 추스를 수 있게 도와주기도 한다. 그런데 가족이나 소중한 사람과 예고 없이 이별하고 홀로 남겨진다면 세상이 어디까지 무너져 흘러내릴까.

끝이 있다고 생각하면 더 잘해주고 아끼게 된다. 그러나 우리는 그 끝이 언제인지 정확히 모르기 때문에 소중함을 잊고 산다. 모든 인연에는 끝이 있다. 어제보다 오늘 더 사랑하고 아낌없이 표현하며 살아야겠다.

마치 늦가을의 낙엽처럼

"시인님은 죽음 이후 남겨진 사람들에게 어떻게 기억되고 싶으세요?"

"난 '우리한테 밥 사주던 그 노인네 죽었으니 어떡하나?'라는 말을 듣고 싶어. 너도 잘 알겠지만 나는 나이 들어서는 사람들에게 절대 밥을 안 얻어먹어. 항상 내가 사주려고 노력하지."

"시인님은 정말 많이 베푸시니까, 주변 사람들이 당연히 그렇게 기억할 거예요. 저는 모든 사람에게 사랑받고 싶다는 마음은 전혀 없거든요. 다만 소중한 사람들에게만큼은 긍정적인 사람으로 기억되고 싶어요. 가까운 사람에게 괜찮은 사람으로 기억되는 게 사실 제일 어려운 걸 테지만요. 그럼 시인으로서는 어떻게 기억되고 싶으세요?"

"사실 죽음 이후의 일은 다른 사람들이 할 일이지 내가 할 수 있는 일이 아니야. 그래도 바란다면, 생명을 사랑한 시인, 조그만 시인, 친근한 시인으로 기억되고 싶어. 자신의 삶을 사랑하고 다른 사람과 생명체도 더불어 사랑한 시인, 조그만 일에 마음을 주면서 시를 쓴 시인, 평이한 언어로 삶의 진지한 곡절과 내막을 시로 쓴 시인 말이야."

"많은 사람의 마음속에 시인님은 그렇게 남으실 거예요. 최소한 저는 시인님을 글이 아름다운 시인, 삶이 아름다웠던 시인으로 기억할게요."

시인님은 과거에 이승과 저승의 문턱을 드나들다가 기적적으로 살아 돌아오신 적이 있다. 심지어는 의사도 가족도 시인님을 포기하셨다고 한다. 모두가 마지막이라고 생각했던 순간, 시인님은 본인을 부르며 울부짖는 아들의 목소리를 들었고 그 부르짖음에 응답해야겠다, 살아야겠다는 생각으로 혼미함에서 깨어나셨다고 했다.

"저는 죽음이 전혀 두렵지 않아요. 죽는 순간의 아픔과 고통이 조금 무섭긴 한데 죽는 것 자체는 괜찮아요. 살아온 대부분의 시간이 행복했고 그래서인지 당장 내일 죽어도 아쉬움이 없어요."

"음, 대부분의 사람들은 죽음이 두렵지 않을까? 왜냐면 나 자신이 소멸한다는 생각 때문에 그렇고, 죽음 이후의 삶에 대해서 모르기 때문에 그렇고, 더 나아가는 죽음 이후의 삶이 있다고 해도 현재의 나와는 무관한 것이라는 생각 때문에 그렇지."

나는 내일이 오늘보다 나았으면 좋겠다는 생각 자체를 해본 적이 별로 없다. 그래서 내일 당장 죽는다는 말을 들어도 평온하게 지금까지를 돌아보면서 내일을 내려놓을 준비를 할 수 있을 것 같다. 단지 죽기 전의 육체적 고통이 무서울 뿐이다. 그러나 시인님의 의견은 달랐다.

"나는 유사 죽음을 경험해봤잖아? 사실 죽는 순간은 매우 평화롭고 고요해. 향기롭고 자비롭기까지 하지. 정말 아름다운 세상이 거기에 있더라고. 죽는 순간엔 백 퍼센트 죽고 싶어서 죽겠구나 싶었지. 그런데 죽음까지 가는 길이 고통스러워. 늙어 가면서 병이 들고 내가 가진 것을 반납하고……. 내가 망가지고 소진되는 모습을 스스로 보는 것이 힘들지. 사실 죽는 사람은 죽는 일이 바빠. 죽는 순간보다 죽음을 두려워하는 순간이 더 두렵단다."

우리 모두는 결국 죽는다. 그 누구도 죽음을 피할 수 없다. 태어나는 순간부터 우리는 죽음을 향해 가는 것이라 말할 수도 있다. 죽음은 성장의 마지막 관문이며 지극히 자연스러운 길이다.

"그럼 시인님은 죽음에 대비해놓은 것이 있으세요?"

"최선을 다해서 살려고 해. 마치 늦은 가을 낙엽처럼 내가 가진 모든 능력과 생명력을 소진하고 나서 세상을 뜨고 싶어. 그렇게 되면 죽음이 보다 더 가깝게 느껴지고 덜 두려워질 거라고 믿어."

"그러면 이것만은 정말 잘했으니 스스로 잘 살았다고 느껴지는 일은 무엇이 있으세요?"

"죽음 앞에서 내가 정말로 잘한 일을 찾는다면 사람을 아주 많이 사랑한 일이고 또 시를 쓴 일이 될 거야. 그 두

가지 일에 대해서는 일말의 후회도 없어."

　죽음에 대한 생각을 나누다 시인님과 나의 공통점을 찾
았다. 삶의 끝이 있기 때문에 더더욱 지금을 더 잘 살겠다
는 다짐. 그리고 죽음을 두려워하기보다는 생을 충실하게
살아나가는 데 더 집중하겠다는 다짐.

유의미한 타자의 소멸

나이가 든다는 건 내 옆의 중요한 사람들이 점점 나를 떠
나면서 추억을 공유할 수 있는 사람이 줄어들고 점점 더
혼자가 되어 가는 일이기도 하다. 나만 해도 벌써 할머니,
할아버지, 선생님, 친구의 죽음을 경험했다. 앞으로 점점
그 수가 늘어나겠지. 언젠가 시인님이 말했다.

　"내가 나이가 많잖니? 이미 내 친구들은 많이 죽었어.
요즘도 자꾸 친구들이 죽었다고 부고를 받는데 기분이 되
게 안 좋아."

　"사랑했던 주변 사람들의 죽음을 경험할 때 어떤 생각
이 드세요?"

"타인의 죽음에서 나의 죽음을 생각해. 매우 이기적인 얘기지만 이건 어쩔 수 없는 일이야. 이제 내 차례 같고 겁나. 잘 살아야겠다는 생각을 되풀이하게 된단다."

"시인님의 인생에서 가장 슬펐던 타인의 죽음은 언제였어요?"

"외할머니의 죽음이야. 그러나 우리 외할머니가 돌아가셨을 때, 난 너무 바빴어. 이룬 것이 별로 없어 할 일이 많았던 상황이었거든. 그래서 마음 놓고 슬퍼하지도 못했어. 매일같이 시간에 쫓기던 당시의 내겐 슬퍼하는 것도 일이었지."

"그때 바쁜 일이 있으셨어요?"

"늦게 공부한 통신대 학사과정 졸업 시험, 대학원 시험, 교감 시험을 함께 보던 해에 외할머니께서 돌아가셨어. 그 바람에 슬픔에 오래 안주할 수 없었어."

"슬픔에 오래 안주할 수 없다는 말이 너무 슬픈데요."

"지금 와서 되돌아보면 거꾸로 다행한 일이다 싶기도 해."

시인님에게 외할머니는 어머니와 다름없었다. 젊은 나이에 혼자가 되신 외할머니가 시인님을 충만한 사랑으로 길러주셨다고 한다. 시인님이 외할머니를 애틋하게 생각

죽음 이후는 어차피
나는 모르는 것을

하고 계신지 알기에, 마지막 말이 너무 슬프게 들렸다. 곁을 내어줬던 사람들을 떠나보내며 점점 혼자가 되어 가는 인간의 운명은 얼마나 가혹하고 외로운가.

소중한 이의 죽음은 남겨진 가족들과 친구들에게 큰 영향을 준다. 살아 있을 때 어떻게 살았느냐는 죽고 나서도 그들의 기억 속에 남는다. 어떤 기억은 너무 생생해서 마음이 기억하고 있는 게 실제로 죽었다는 사실보다 더 중요한 것처럼 느껴지기도 한다.

훗날 내가 이 세상에서 사라져도 내가 생전에 건넸던 말과 보냈던 눈빛이 누군가의 가슴속에 남아 여전히 그 사람 안에서 살아가게 될지도 모른다면, 더 '잘' 살아야겠다는 생각이 든다.

삶은 원래 힘들어

"시인님은 죽은 사람 가운데 한 사람만 살려낼 수 있다면 누구를 살려내고 싶으세요?"

"전혀 생각해보지 못한 질문을 하는구나. 음……. 없어."

품으려 하니
모두가 꽃이었습니다

"없다고요?"

"누구든지 사람은 충분히 그 사람의 삶을 살고 죽은 사람이 된단다. 즉 그 사람 몫의 고통과 슬픔을 다하고 죽는다는 거지. 그건 살아 있는 동안 고통과 슬픔을 당하고 살았다는 말이기도 해. 그래서 다시금 그 사람을 살려내어 더 많은, 어쩌면 그 이상의 슬픔과 고통을 당하게 하고 싶지가 않구나. 나도 나중에 죽었을 때 절대로 살려내 주지 않기를 바라. 나 또한 내가 살면서 버텨온 고통과 슬픔의 양으로 충분하거든."

삶은 힘들다. 고통과 시련의 연속이다. 그렇다면 힘들어도 죽는 것보다 사는 것이 나은 이유는 뭘까. 시인님의 대답은 이랬다.

"옛말에 개똥밭에 굴러도 이승이 낫다는 말이 있어. 그만큼 사는 것은 본능적이고 거룩한 일이라는 뜻이야. 젊은 세대에는 이상스레 들릴지 모르지만 사는 일 자체가 힘들고 고통스런 거야. 오죽했으면 부처님은 인생은 고해(苦海)라 하셨고 인생에는 네 가지 고통이 있다고 하셨겠니. 생로병사(生老病死)가 바로 그거야. 사는 것이 죽는 것보다 나은 것이 아니라, 우리 인간에게는 사는 것 자체가

의무이고 책임이라서 살아야 하는 것이야. 또 삶은 존엄인 동시, 본능적 욕구이기도 하지. 어떤 경우든 생명의 가치를 훼손해서는 안 된다고 봐."

죽음에 임박하면 이른바 주마등, 즉 자신이 살아온 순간이 빠르게 스쳐 지나간다고 한다.

"시인님은 죽기 전에 생각날 것 같은 사람 딱 한 사람만 뽑는다면 누구일 것 같으세요?"

"아무래도 아내가 아닐까 싶어. 만약 내가 먼저 죽게 된다면 아내가 아주 많이 마음에 걸릴 거야. 난 아내에게 신세를 많이 지며 살았어. 그만큼 미안한 마음이 많이 남겠지."

"그럼 자녀분들에게 해주고 싶은 말도 있으세요?"

"나는 내 자식들에게 이런 말을 해주고 싶어. 너희들이 하고 싶은 일, 살고 싶은 인생을 살라고 말이야. 출세나 치부보다는 행복과 만족을 위해 살았으면 좋겠고 그런 삶이 타인에게 피해가 되지 않았으면 좋겠어. 나 스스로 젊은 시절엔 그런 소망이 있었거든. 내가 하고 싶은 일을 하면서 살 것. 나의 삶이 타인에게 피해가 되지 않을 것. 더하여 나의 삶이 다른 사람에게 도움이나 부러움이 된다면 더없이 좋겠지."

"제가 지향하는 삶의 방향과 비슷해요. 저도 그저 지금처럼 제 할 일을 하면서 살아가는 과정 그 자체가 좋거든요. 꼭 특별한 일이 없어도 제게 허용된 오늘이 다 선물 같아요."

"그래, 출세보다는 자기가 만족하고 내가 당당할 수 있고 끝에 가서는 행복한 게 최고야."

죽음 이후는 어차피
나는 모르는 것을

George Gray

Edgar Lee Masters

I have studied many times
The marble which was chiseled for me —
A boat with a furled sail at rest in a harbor.
In truth it pictures not my destination
But my life.
For love was offered me and I shrank from its
disillusionment;
Sorrow knocked at my door, but I was afraid;
Ambition called to me, but I dreaded the
chances.
Yet all the while I hungered for meaning in my
life.
And now I know that we must lift the sail
And catch the winds of destiny
Wherever they drive the boat.
To put meaning in one's life may end in

madness,
But life without meaning is the torture
Of restlessness and vague desire —
It is a boat longing for the sea and yet afraid.

조지그래이 – 에드가 리 마스터즈

나는 여러 번 관찰했지 / 나를 위해 조각된 대리석상을— / 돛을 접고 항구에 정박한 배. / 사실 그건 내 목적지가 아닌 / 내 인생을 나타내고 있어. / 사랑을 받았지만 나는 그 환상이 깨질까 움츠렸고 / 슬픔이 내 문을 두드렸지만, 나는 겁을 냈고 / 야망이 나를 불렀지만, 나는 실패를 두려워했어. / 그러면서도 나는 내 인생에 의미가 있기를 갈망했지. / 그리고 이제는 깨달았어, 돛을 펼치고 운명의 바람을 잡아야만 한다는 걸 / 그 바람이 배를 어디로 몰고 가든 말이야. / 인생에 의미를 가진다는 것은 광기로 끝날 수도 있지만 / 의미 없는 인생은 / 초조함과 막연한 열망의 고문— / 그것은 바다를 동경하면서도 두려워하는 배.

사랑할

결심

PART 4

사랑은 끝나지 않아
만남이 끝나는 것이지

/열네 번째 울림/

예쁘게 보아주는 것

태풍이 세차게 불던 날, 시인님은 한 결혼식장에서 주례를
보셨다. 양가 부모님께서 화촉을 밝히시고, 신랑과 신부가
입장하여 혼인 서약서를 낭독하고, 성혼 선언을 하고 나
니, 이제는 주례사가 있을 차례였다. 시 쓰는 사람이라고
간단히 자기소개를 한 시인님은 본인이 생각하는 사랑의

153

정의라며 시를 하나 읊어주셨다.

사랑에 답함

예쁘지 않은 것을 예쁘게
보아주는 것이 사랑이다

좋지 않은 것을 좋게
생각해주는 것이 사랑이다

싫은 것도 잘 참아주면서
처음만 그런 것이 아니라

나중까지 아주 나중까지
그렇게 하는 것이 사랑이다

식이 끝나고, 시인님은 내게 물으셨다.

"너 만나고 있는 사람 있니? 예전엔 있었잖아."

"요즘은 없어요."

"얼른 찾아."

"왜요?"

"혼자보단 둘이 좋잖아."

시인님과 나의 공통점 중 하나는 사랑에 높은 가치를 부여하고 있다는 것이다. 시인님은 내게 항상 사랑을 하면서 살라 말씀하신다.

"사람은 사랑에 마음을 다치면서도 또다시 사랑을 하려 하잖아요. 도대체 무엇이 우리를 사랑에 이끄는 것일까요?"

"사랑이란 어떤 존재든 살아 있는 생명체에게는 필요한 것이라고 생각해. 선택사항이 아니고 필수사항이라는 거지. 사람은 밥이나 물이나 공기와 같은 물질로도 살지만 사랑이라는 정신적 에너지로도 산다고 봐. 사랑이란 정신적 에너지야. 사랑이 있으면 생명체는 저절로 싱싱해지고 생명력이 높아진다고 믿어. 말하자면 생명체를 살리고 죽이는 것이 사랑이라는 것이지."

사랑에 빠지면 삶에 의욕이 생긴다. 평소 같으면 힘들다고 생각했을 일이 일어나도 마땅히 괜찮은 일들이 되고,

사랑할 결심

그토록 안간힘을 쓰며 지켜왔던 것들 가운데 몇몇 개는 떠나보내도 아쉽지 않은 것들로 바뀐다. 세상을 바라보는 시선이 더 따뜻하고 긍정적이 되다 보니 행동에도 여유가 생긴다.

그런 의미에서 사랑은 사람을 강하게 만들어준다. 우울증에 걸린 사람을 낫게 할 수 있는 것도 사랑이며 지구 반 바퀴를 돌아 누군가를 만나러 갈 용기를 주는 것도 사랑이다. 나를 성숙시켜 나와 다른 세계, 부모님, 형제자매, 친구, 이성, 동료, 자연을 묶어주는 힘이 바로 사랑에 있다.

조급함일까 외로움일까

오랜 연애를 끝내고 이별한 지 몇 달 되지 않은 친구와 밥을 먹을 때였다. 친구는 얼른 새로운 사람을 만나고 싶어 했다. 힘든 마음에 억지로 다른 누군가를 좋아하려고 애써보기도 했으나 예전에 진심으로 사랑했던 사람 사이에서 경험해본 그 벅찬 감정이 그리워 새로운 사람에게 그 감정을 애써 만들어내려고 노력하는 자신의 모습을 어느 순간 자각하고는 오히려 더 허탈했다고 한다. 시인님이 말했다.

"조급한 거지. 두 사람이 좋아할 때 꽉 차 있던 게 빠져 나가니까 공허하고 외로운 거야. 그런데 말이야, 어떤 사람과 헤어졌으면 그 사람과 있었던 일을 백 퍼센트 씻어낼 순 없지만 그 감정이 내 몸과 마음에서 빠져나갈 기회를 줘야 해. 그건 시간이야. 누군가와 십 리를 걸었다면 돌아오는 길도 십 리가 필요해. 십 리를 가서 멈춰 섰다면, 거기서 이어서 다른 사람과 다음 길을 가는 게 아니라 이전 사람과 갔던 길을 혼자서 되돌아와 다시 출발선에 서야 새 사람과 새 길을 갈 수 있는 거야."

"돌아오는 과정이 꼭 있어야 이전 사람을 지울 수 있다는 말이네요. 저도 보통 만난 기간의 절반은 지나야 새로운 사람을 담을 마음의 자리가 생겼던 것 같아요."

"그래. 그리고 아까 새 사람에게 전 사람에게서 느꼈던 똑같은 그 감정을 느끼려 한다고 했지? 그건 잘못된 거야. 헤어지고 나면 서로가 공유했던 감정이나 분위기가 너무 그립고 없어진 걸 되찾고 회복하고 싶지. 그러나 그건 그 사람과 사랑해서 생겼던 감정이야. 그걸 새 사람에게서 또 찾으려고 하면 안 돼. 지금 내 앞의 사람은 새 사람인데 그

사랑할 결심

에게 옛 사람의 것을 적용하려는 건 잘못된 거야.”

시간이 약이라는 걸 알면서도 지금 이 순간 힘들기 때문에 뭐라도 억지로 해보려고 노력한다. 그러나 사랑한 시간 동안 진심이었다면, 헤어지는 과정에서 힘들었던 마음을 회복하면서 상대에 대해 생각하는 일이 자연스럽게 줄어들게 충분한 시간을 스스로에게 주어야 한다. 그렇게 마음이 더 단단해져 다음 사랑을 시작할 준비를 한다.

“그런데 시인님, 사랑이 끝나기도 하잖아요. 사랑을 끝내야 할 때는 언제일까요?”

“사랑은 끝나지 않아. 만남이 끝나는 것이지. 그렇게 생각하면 사랑을 끝내야 할 때, 즉 만남을 끝내야 할 때는 아주 간단해. 만날 필요가 없어지면 헤어져야 해. 기분이 계속 서로 나쁘다든가 싫은 마음이 든다든가 하면 만나지 말아야 해. 그편이 서로에게 도움이 돼. 사랑을 하는 건 서로가 좋아서 하는 것이고 서로에게 도움이 되어서 하는 것이니까 말이야.”

“그러면 만남이 끝나간단 걸 알아갈 때 어떤 마음이어야 현명하게 이별할 수 있을까요? 사실 칼로 무 자르듯 ‘오늘부터 보지 말자.’라는 말을 한 뒤 정말로 보지 않는 인간관계는 연인 사이 빼고는 잘 없잖아요. 우리 인생에서 몇 안 되는 단호한 끝이라 그런지 이별은 할 때마다 두렵고 적응되지 않아요."

"이별하는 데 무슨 묘수가 있겠어. 그냥 섭섭하게 쓸쓸하게 헤어지는 것이지. 헤어진다는 것은 다시는 보지 않기로 한다는 것이고 돌아선다는 것이야. 서로 반대 방향으로 걸어가는 것이 헤어짐이지."

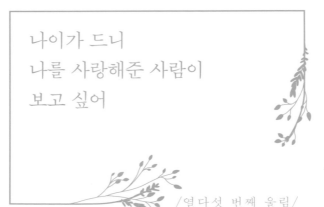

나이가 드니
나를 사랑해준 사람이
보고 싶어

/열다섯 번째 울림/

어머니와 아버지

부모님을 떠올리면 추위가 잦아든다. 가장 무섭고 차가운
모습을 보이실 때조차도 초봄의 포근한 눈이었지 절대 휘
몰아치는 눈폭풍이 아니었다. 나의 부모님은 단호할 땐 매
우 단호하고 안 되는 건 끝까지 안 되는 분들이다. 그런데
그렇게 내게 "안 돼."라고 말할 때조차도 그것이 나를 사랑

하지 않아서 내 요구를 받아주지 않는 게 아니라 규율을 가르쳐주기 위해 그런 것이라는 것을 알고 있었다.

그래서 나는 부모님에 대한 서운한 마음이 최대 삼 일을 넘긴 적이 없었다. 부모님은 한결같이 내게 가장 새하얀 마음을 내어 주셨다. 해맑게 뛰어놀던 시절 나의 어설픈 실수를 귀엽게 웃어 넘겨주시던 모습부터 내가 아플 때 나를 바라보시던 애처로운 표정까지, 부모님과의 기억은 아무리 풀어내도 끝이 없다.

동행

어머니는 언제 죽나?
내가 죽을 때 죽지

〈동행〉이라는 시인님의 시다. 이렇게 부모님은 설령 이 세상을 떠나신다고 해도 눈을 감으면 우리 마음에 언제나 보이는 사람이다. 시인님에게서 말하셨다.

사랑할 결심

"김남조 시인이 내게 이런 말을 하셨어. '나 시인, 젊었을 때는 내가 사랑했던 사람이 보고 싶었는데 나이가 드니 나를 사랑해준 사람이 보고 싶어…….' 우리 모두에겐 그런 사람이 있어."

"부모님이죠."

"맞아. 어머니야."

나이를 먹을수록 더더욱 나를 무조건적으로 사랑해주는 사람은 부모님뿐이라는 생각이 든다. 세월이 지나면서 많은 기억이 잊히지만 누군가를 진심으로 사랑했거나 누군가로부터 진심이 담긴 사랑을 받았던 기억은 조금 옅어질 수는 있어도 온전히 잊히지는 않는다. 부모님만큼 가장 오랫동안 진심으로 나를 사랑해준 사람은 없다. 그리하여 그들은 우리에게 영원히 잊을 수 없고 그리운 존재로 기억된다.

부모와 자식

부모와 자식은 서로를 사랑한다. 너무 사랑하는 마음이 때

때로 불화를 불러오기도 한다. 자식은 자꾸만 자라나는데 부모는 여전히 어리다고만 여겨 애정의 잔소리를 하고, 자식은 스스로가 컸다고 생각해 부모가 본인을 하나의 인격체로 존중해주기를 바란다. 그 사이에서 갈등이 생긴다.

"자기가 이루지 못한 과업을 자식을 통해 이루고 싶어 하는 부모가 많지. 이것이 교육열과 사회 발전의 동인이 되기도 했어. 그런데 그걸 지나치게 원하진 말아야 해. 자식이 원하는 삶을 이해해주고 허용적인 태도를 가져야 하지."

"너무 사랑해서 이런 다툼이 일어나는 것인 건 알겠는데, 부모님과의 대립이 평행선만 달린다면 어떻게 하는 게 좋을까요? 예를 들어 자식의 직업 또는 결혼 결정에 크게 관여하고자 하는 부모님들이 아직까지도 종종 있어요. 아무리 사랑해서 해주는 조언일지라도 그게 언제나 옳은 것은 아닐지도 모르잖아요."

"자식들이 부모의 말에 따라 부모가 원하는 삶을 살 수도 있지만 진짜 아들, 진짜 딸이 되려면 부모의 집을 떠나서 자기 둥지와 땅을 찾아 일구어야 해."

시인님은 설명을 덧붙이며 정신적인 이유(離乳, 젖을 뗌)를 강조하셨다. 시인님 또한 젊은 시절 이를 경험하셨다고 한다. 아버지와 어머니 손에서 떠나서 스스로의 길을 가야겠다고 말이다.

"'가지 말라는데 가고 싶은 길이 있다.' 내 시의 한 구절이야. 부모님이 가지 말라는데 난 이 길을 계속해서 걸어왔어. 내 인생을 어쩌면 가장 잘 나타내어주는 문장이지."

"그럼 정신적인 이유를 하면서도 부모님과의 관계를 지키려면요?"

"부모와 자식의 관계는 끊을래야 끊을 수 없는 관계야. 하늘이 맺어준 관계, 천륜이라고 그러지. 엄마가 아이를 낳을 때 자신의 몸을 나눠서 한 사람이 두 사람으로 쪼개진 거잖아. 그래서 아이는 엄마의 뼈와 살과 혼을 나누어 갖는 거야. 그래서 엄마가 아이에게 집착하는 거야. 놀랍게도 자식은 이 사실을 잊어. 하지만 부모는 아니야. 아이가 아프면 내가 아프고 아이가 아픈 것도 대신 아파주고 싶지. 이렇듯 부모가 자식을 생각하는 것과 자식이 부모를 생각하는 건 달라. 부모가 자식을 생각해주는 것처럼 자식이 부모를 조금만 더 생각한다면 그게 효도야. 내가 어머니의 일부분이었다는 것을 조금 생각하는 마음, 자식에겐 그것이 필요해."

너를 구기지 않을
배우자를 만나렴

/열여섯 번째 울림/

결혼할 때 우선적으로 고려할 것

시인님은 결혼과 출산을 장려하신다. 어느 날, 시인님은
딸과 사위의 러브 스토리, 식장에 들어가기 전 사위에게
부탁했던 말, 딸이 결혼 후 아이를 키우면서 박사학위를
받고 교수로 임용되었다는 이야기를 해주면서 나에게도
어서 결혼하라고 하셨다. 그때 나는 스물일곱이었고 막연

하게 '서른이 넘어 좋은 사람이 있으면 결혼을 하고 싶다.'
라고 생각했기에 결혼은 먼 이야기였다.

"시인님, 결혼에 있어 고려해야 할 점과 그 우선순위는
어떻게 될까요?"

"결혼은 결코 낭만이나 실험이나 연습이 아니야. 어쩌
면 오직 한 번밖에 없는 인생의 일이지. 그러기에 옛날 어
른들은 결혼을 이성지합이라 했고 인륜지대사라 했어. 고
려해야 할 부분이라……. 일단 결혼은 생애를 함께할 사람
과 하는 것이니 생명주기를 고려해야 해. 그다음엔 건강
문제가 중요하고 인성 문제가 중요하지. 어쩐지 싫은 사람
이 있고 어쩐지 좋은 사람이 있잖아? 이것이 바로 상호 간
의 느낌 문제야. 싫은 사람과는 여타 조건이 아무리 좋아
도 함께 오래 살지 못해. 그다음에 경제 수준이나 학벌이
고려돼. 결혼은 결코 낭만이 아니라 생활이라는 점을 강조
하고 싶어."

"역시나 사랑만으로는 결혼이 불가능한 거였어요."

"결혼의 시작은 이성적인 끌림에서 시작되고 사랑으로
성숙되지만 결정적 요인은 되지 못해. 말하자면 필요조건
이지만 충분조건은 아니란 말이야."

품으려 하니
모두가 꽃이었습니다

"진짜 어렵네요. 저는 결혼 못 할 것 같아요."

"조바심 낼 필요는 없지만 때가 되면 결혼을 해야지. 너를 구기지 않을 남자를 만나렴."

"저를 구기지 않을 남자요?"

"그래. 너를 사랑하고 아끼는 것은 당연한 거고, 아내 될 사람의 장래나 발전을 방해하지 않을 사람이어야 해."

"맞아요. 부부가 서로의 진로와 미래에 대해 조언은 해 줄 수 있겠지만 결국 결정은 배우자의 강요가 아니라 스스로의 선택이어야 한다고 봐요."

시인님은 이어서 신사임당 이야기를 해주셨다. 신사임당의 아버지가 이원수를 사윗감으로 고를 때 고려한 게 몇 개 있다고 한다. 첫째, 양반 집안일 것. 그러나 너무 부담스럽게 빵빵한 집안이 아니라 조금 퇴락한 양반 집안의 남자일 것. 둘째, 인성이 좋아 아내를 사랑하고 아끼는 남자일 것.

"사임당의 아버지는 사위될 사람이 두뇌가 명석하고 과거 급제를 해서 출세하는 걸 원한 게 아니었어. 대신 기준이 온전히 딸에게 있었어. 내 딸이 행복하게 살 수 있을 것인가에 말이야. 그런 아버지가 있었기에 신사임당은 지금

사랑할 결심

의 신사임당이 될 수 있었어."

"그 시대에 그런 생각을 하기 쉽지 않은데. 정말 시대를 앞선 선진 사상을 가진 분이었네요."

"그래. 딸을 사랑하기 때문에 근본이 있으나 그리 부담스럽지 않은 집안 남자를 골라 남자를 처가살이 시킨 거지. 덕분에 신사임당은 결혼 후에도 마음껏 공부하며 그림을 그리며 살 수 있었어. 아버지가 딸의 앞날에 울타리를 쳐준 거야. 너도 아버지와 대화를 많이 나누면서 아빠의 눈으로 배우자를 정하렴. 그러면서도 너와 사이가 좋은 남자를 만나야 해."

"네. 시인님, 제가 나중에 그런 사람 데려오면 주례 서주셔야 해요."

"그래, 주례 서줄게."

나와 너 그리고 우리

평생의 짝을 찾아 결혼하고 난 뒤에도 가정의 유지 존속에는 고난이 따른다. 서로가 너무 좋아 죽을 것 같던 시절

품으려 하니
모두가 꽃이었습니다

이 있기나 했냐는 듯 대화 단절이 온 부부가 많다. 사실 매일 함께하다 보면 할 말이 떨어지기도 하고 익숙함에 대화의 소중함을 망각하기도 한다.

"시인님, 부부간 대화 단절은 어떻게 해결할 수 있을까요?"

"부부간 대화는 의식적으로 노력해야만 하는 거야. 대화 단절은 두 사람이 상대방에게 지나치게 많은 기대를 해서 온다고 봐. 어떤 계기에 실망했거나 상대에게 흥미를 잃었을 때 더 이상 대화하고 싶은 의욕이 생기지 않을 수 있어. 그러나 호기심 단계는 끝난 것이 결혼 생활이야. 세상일에 그냥 저절로 되는 일은 아무것도 없어. 자기 자신을 돌아보고, 또 둘 사이에 가장 좋았던 시절을 생각하면서 조금쯤 섭섭하거나 모자란 점이 있다 해도 그것을 조금씩 줄이면서 상대방의 입장을 생각하면 자연스럽게 대화가 이어질 거야."

부부의 연을 맺어 가정을 꾸렸다면 서로를 배려해 위기를 해결하여 헤어짐으로 가는 걸 막는 게 바람직하다. 그러나 인내하지 말아야 할 영역도 분명 있다. 바로 근본적인 신뢰가 뒤흔들리는 경우다.

"결혼 선배로서 이런 일은 두 번 기회를 주거나 용서해서는 안 되는 일이 있을까요? 저는 배우자의 폭력이나 바람은 알게 되는 순간 뒤도 안 돌아보고 헤어질 거예요."

"폭력, 바람, 돈 문제, 거짓말 모두 나쁜 것이고 용서가 안 되는 문제야. 이러한 결함들이 부부 사이에 중첩적으로 생기게 되면 함께 살지 못해. 다만 정도 차이 문제지. 어떤 한 가지 문제라도 그 문제가 심각하게 불거지면 함께 살지 않는 것이 좋아. 자녀에게도 본보기가 되지 않고 말이야. 특히 폭력은 기본적인 인권의 문제야. 서로 조심해야 한다고 봐."

반면 속상하지만 충분히 용서할 수 있는 일들은 원만하게 풀어 나가면 관계가 더 단단해지는 계기가 된다.

"용서는 연민(憐憫)에서 나온단다. 자기 연민보다는 상대방에 대한 연민이야. 상대방을 안쓰럽게 보아주는 마음, 그것은 부처님의 자비심이고 예수님의 긍휼히 여기는 마음이야. 그러한 마음은 우선 자기 자신을 사랑하는 마음과 너그러운 마음에서 나와. 거기서 상대방을 배려하는 마음이 나오지. 하지만 상습적으로 같은 실수를 되풀이하는 경우는 용서가 불가능해. 용서하기 어려운 결함을 반복하는 상대와 원만하게 대화하는 것조차 어려울지도 몰라. 그럴

품으려 하니
모두가 꽃이었습니다

때는 좀 시간을 갖고 냉정함을 찾은 다음, 감정을 조금 멀리하면서 이성적으로 대화해보는 것이 좋을 것 같아. 만약 그렇게 대화하여 서로가 이해되고 오류를 범한 편에서 각오가 생긴다면 분명히 이전보다 더 좋은 관계가 될 거야."

사람과 사람 사이에는 어느 정도 거리를 두는 일이 중요하다. 그 틈은 사실 존중하고 배려하는 마음이다.

"부부유별이라는 말 알지? 너도 나중에 결혼을 해보면 알게 되겠지만 부부는 유별이 안 돼. 그렇지만 어느 정도는 거리를 갖고 여유를 두자는 것이 부부유별이지. 그런데 전혀 거리를 갖지 않을 때 싫증이나 권태를 느끼게도 돼. 서로 비밀을 숨기고 거짓말을 하라는 게 아니라 객관적인 안목을 잃지 말자는 것이지."

애초에 인간관계에는 배려심이 기반이 된 거리두기가 필요하다. 혼란스러울 때 혼자만의 생각을 하면서 나를 가다듬을 수 있는 시간을 가지면 그 시간으로 인해 서로를 존중할 수 있게 된다.

특히 요즘은 개인주의 사회가 되면서 너무 꼬치꼬치 상대방의 사생활을 물어보는 것은 실례로 여겨지기 때문에 눈치껏 상대가 꺼려하는 부분은 애초에 물어보지 않는 것

사랑할 결심

이 예의다. 정이 없는 시대라고 느껴질지도 모르지만 나는 이런 풍토가 꼭 부정적인 건 아니라고 생각한다. 이에 대해 시인님이 말했다.

"김소월 시인의 〈산유화〉라는 시에는 이런 구절이 나와. '산에 / 산에 / 피는 꽃은 / 저만치 혼자서 피어 있네' 그게 아름다운 거야. 사랑에서 중요한 건 거리야. 하물며 연인 간 가장 가까울 때인 에로스적 사랑에서도 거리를 두면서 너를 생각하는 마음이 필요하지 않을까."

산유화

- 김소월

산에는 꽃 피네
꽃이 피네
갈 봄 여름 없이
꽃이 피네.

산에

산에
피는 꽃은
저만치 혼자서 피어 있네.

산에서 우는 작은 새여
꽃이 좋아
산에서
사노라네

부모는 처음이라

산후 우울증이 온 친구가 있다. 아이를 키우는 게 버겁고
삶 자체가 불행하다고까지 생각했다고 한다. 거기다 그런
생각을 하는 것에 대한 죄책감에 육체적, 정신적 피로감이
쌓여 괴로웠단다. 그녀는 갓난아이가 울어도 혼자 눈물을
그칠 때까지 그냥 내버려둔다고 했다. 이에 대해 시인님이
말했다.

"새로운 생명체인 아기에 대한 이질감, 낯설음, 서투름

사랑할 결심

에서 오는 정서적 불안정이 바로 산후 우울증이야. 그걸 아내와 남편, 이 두 사람이 잘 극복해야 해. 남편이 보다 아내에게 친절해야 하고 부드러워져야 해."

산후 우울증은 겉으로 봤을 땐 아내에게 오는 것이지만 사실 부부 두 사람 모두가 힘을 합쳐 해결해 나가야 할 문제다.

"세상 모든 일에는 기다리는 지혜와 인내심의 능력이 필요해. 출산과 육아의 과정처럼 우리네 인생에 중요한 시기는 없지 싶어. 하나의 고비라 할 거야. 임신했을 당시엔 힘들고 고달파도 아기가 몸 안에 있었잖아. 그런데 그 아이, 새로운 생명체가 세상에 나와 새롭게 적응하느라고 울고 보채고 잠도 자지 않고 그러면 출산하느라고 육체적, 정신적으로 심한 고통을 겪은 산모는 견디지 못하는 거야. 이때 남편의 역할과 노력이 중요해. 아내를 진정으로 사랑한다면 아내의 마음을 잘 헤아려 여러 방면에서 조력하려는 결단과 노력이 있어야지. 그러면서 두 사람이 마음속으로 이런 생각을 해보았으면 좋겠어. 기다리자. 참자. 언젠가는 좋아질 것이다."

자녀를 둔 워킹맘, 워킹대디는 직장에서 퇴근하는 길이

집으로 출근하는 길처럼 여겨진다는 말을 들었다. 집에 가서 아이에게 밥을 차려주고 집 청소를 하고 아이를 재우면 밤 열 시에서 열한 시 사이. 나를 위한 개인 시간은 하나도 가질 수 없이 침대에 눕자마자 기절했다 알람소리를 듣고 겨우 눈을 뜨고 무거운 몸을 이끌고 출근하기를 무한 반복한다.

엄마도 지금에야 여유가 좀 생겼지 언니와 나를 출산하고 나서 내가 대학생이 되기 전까지는 그 기간이 어떻게 지나갔는지도 모르겠다고 했다. 정말 눈 떠보니 이십 년이 훅 지나가 있었다고. 시인님이 말했다.

"아이 둘을 키우는 젊은 엄마한테서 육아 출근, 육아 퇴근이라는 말을 들은 적이 있어. 자녀를 기르면서 직장에 나가는 사람들은 더욱더 힘들겠지. 우리 딸아이도, 며느리도 그랬을 거야. 매우 안쓰러운 일이야. 도움을 받는 길과 협력하는 길이 분명 있을 거야. 아이를 돌보아주는 조력자를 선택하여 부탁한다든지 부부가 합심하여 문제를 해결하는 수밖에 없겠지."

"아이를 낳고 현실에 치이다 보면 나를 잃어가게 될까봐 걱정돼요. 시인님도 엄청 바쁘시잖아요. 그런 와중에도

사랑할 결심

나를 찾을 수 있는 시간을 가지세요? 아니면 그러지 못할 때 힘든 나 자신을 어떻게 위로하시나요?"

"나는 내가 가진 하루의 시간을 쪼개어 관심사나 일들에 나누어 사용해야 하니까 더더욱 시간을 알맞게 사용해야 하지. 밖에 나가서는 밖의 일, 남의 일에 집중하지만 돌아와 집에 오면 나의 일에 집중해. 사실 나의 경우엔 그렇게 할 수 있도록 아내가 도와줘. 무척 고마운 일이지. 그래서 나는 스스로 운이 좋은 사람이라고 말을 해."

한편 잘 다투지 않는 부부들도 자녀 교육 문제에서만큼은 목소리가 높아지는 경우가 많다. 교육을 전공한 교사들 사이에서도 저마다 학생을 대하는 철학이 모두 다른데 내 아이 교육은 오죽할까.

"자녀 교육 문제는 어떤 식으로 상의하고 풀어 나가셨는지 궁금해요."

"우리 집의 경우는 아이들 교육의 큰 문제는 내가 풀었고 작은 문제는 아내가 풀었어. 예를 들어 학교 진학 문제, 선생님과의 상담문제, 그런 문제는 내가 맡았고 아이들의 가정교육 문제라든가 생활교육 문제는 아내가 맡았어. 그것이 자연스러웠던 것 같아."

품으려 하니
모두가 꽃이었습니다

"그럼 교육 문제에서 부부가 너무 방향이 다를 때 어떻게 조율하셨어요?"

"자녀 교육 문제에 있어서는 서로 의견이 달라 가끔 다투었지. 나는 강력하게 최선을 다해야 한다는 쪽이었고 아내는 약간 느슨하게 대처하는 쪽이었거든. 끝에 가서는 대부분 내가 주장하는 쪽으로 갔는데 자녀 교육 문제에 관한 한 내가 악역을 담당했어. 세상 모든 문제가 그렇지만 그냥 좋다, 좋다, 쪽으로만은 되지 않는 법이야. 평화는 평화 그 자체로만 이루어지지 않아. 다툼 다음의 조정 과정을 통해서 오는 것이 평화야. 부부 사이 자녀교육 문제에서 의견 일치를 보기는 어려워. 다만 한쪽이 물러서고 한쪽이 주도권을 잡는 식으로 조정되는 게 보통 가정의 모습이 아닌가 싶어."

"시인님에게서 오랜 기간 교직생활을 하셨기에 사모님께서 시인님의 판단을 믿고 맡기셨나 봐요."

Valentine

Carol Ann Duffy

Not a red rose or a satin heart.

I give you an onion.
It is a moon wrapped in brown paper.
It promises light
like the careful undressing of love.

Here.
It will blind you with tears
like a lover.
It will make your reflection
a wobbling photo of grief.

I am trying to be truthful.

Not a cute card or a kissogram.
I give you an onion.
Its fierce kiss will stay on your lips,

possessive and faithful

as we are,

for as long as we are.

Take it.

Its platinum loops shrink to a wedding-ring,

if you like.

Lethal.

Its scent will cling to your fingers,

cling to your knife.

발렌타인 - 캐롤 앤 더피

새빨간 장미나 보드라운 하트가 아니라, 나는 너에게 양파를 줄 거야. / 이건 갈색 껍질에 쌓인 달이야. / 달빛을 배경으로 / 조심스레 옷을 벗기는 연인들의 모습을 떠올리게 하지.

자, 받으렴. / 양파는 사랑처럼 / 너를 울게 할 수도 있어. / 울다가 거울을 봤을 때 / 슬픔에 흔들리고 있는 너를 발견하게 될 수도 있지.

나는 솔직해지려 해.

나는 네게 귀여운 카드를 주거나 키스를 해 주려는 게 아냐. / 대신 나는 네게 양파를 줄 거야. / 양파와의 날카로운 첫키스는 네 입술에 남을 거야. / 우리가 존재하는 한 / 마치 우리처럼 소유욕에 불타기도, 진실 되기도 하겠지.

네가 원한다면 / 겹겹이 쌓인 양파를 계속계속 벗겨냈을 때 나오는 결혼반지를 / 받아. / 치명적일 걸. / 우리가 서로에게 주었던 상처처럼 / 양파 냄새는 네 손가락에 오래도록 배어있을 거야.

마음속에
품은 별을

끝까지
놓지 말기를

PART 5

서로 어울리는 꽃을 골라
시를 지어본다

/열일곱 번째 울림/

어느 겨울 날, 북토크에서

겨울치고는 포근했던 어느 날, 시인님과 내가 함께 쓴 책의 북토크가 있었다. 나름 일찍 간다고 갔는데 편집장님과 에디터님은 이미 여러 가지 준비하고 있었다.

나는 노트북을 연결하고 리모컨을 받아 준비해온 피피티를 처음부터 끝까지 넘겨보며 꼼꼼히 점검했다. 그리고 책을 펼쳐 독자들과 함께 이야기를 나누고 싶은 부분을 한 번 더 눈에 담았다. 모든 점검을 마치고 나니 마음이 편해졌다.

시계를 보니 아직도 북토크가 시작되기 전까지는 여유가 있었다. 나는 화장실에 갔다가 복합문화공간이었던 건물 이곳저곳을 구경하고 있었다. 그때였다. 저 멀리서 낯익은 실루엣이 보였다. 시인님이었다. 양손 가득 무거워 보이는 아주 큰 무언가를 들고 등에는 큰 가방을 멘 채였다.

"시인님, 오셨어요? 오는 길 힘드셨죠!"

"아냐, 괜찮았어. 자, 이거 네 거야."

시인님은 내 초상화라며 한지로 포장된 아주 큰 액자 하나를 내미셨다. 가로, 세로 세 뼘 길이의 큰 액자였다. 포장을 조심스레 풀어보니 문학제 토크쇼 게스트로 출연했을 때의 내 모습이 나왔다.

잔잔한 꽃무늬가 들어간 생활한복을 입고 있었던 내 모습이 고왔다며 시인님이 아끼시는 윤문영 화가에게 부탁하여 그날의 모습을 그림으로 남겨주신 것이었다. 그리고 그 그림을 액자에 표구하여 서울까지 고속버스를 타고 오는 길에 직접 들고 오신 것이다. 시인님은 늘 본인이 힘든

184

품으려 하니
모두가 꽃이었습니다

것보다 주변 사람들을 챙기는 것을 더 중요하게 생각하신다. 나도 시인님에게 가져온 선물을 내밀었다.

당시 시인님은 며칠 후 아프리카로 떠날 예정이셨다. 아프리카에 후원하고 있는 아동이 있는데, 기관의 초청으로 탄자니아에 직접 방문하여 후원 아동을 만나기 위함이었다.

몇 달 전부터 아프리카에 가기 위해 예방 주사를 맞고 후원 아동에게 줄 선물을 하나씩 사면서 설레어하시는 모습이 보기가 좋아서, 캐리어에 달 이름표와 시인님의 시 구절을 넣은 여행 토퍼를 주문 제작해서 준비해둔 참이었다.

시인님은 토퍼를 보며 어디에 쓰는 물건인지를 물으셨다. 나는 사람들이 토퍼를 들고 찍은 여행 사진을 보여드리며 이런 식으로 여행지에 가서 사진을 찍으면 예쁘게 나올 것이라고 말씀드렸고, 시인님은 꼭 사진을 찍어 오겠다고 하셨다.

유감스럽게도 코로나 바이러스 유행으로 행사가 취소되면서 시인님은 출국하지 못하게 되어 내 선물은 무용지물이 되었지만.

시인님은 선물을 드리면 작고 보잘 것 없는, 때로는 어른인 시인님의 입장에서 쓸모없는 선물일지라도 무한정 고마움을 표현해주신다. 그래서 더욱더 필요한 것이 없는지 살피게 되고 작은 것이라도 해드리고 싶어진다.

서로를 꽃에 비유한다면

북토크가 시작되었다. 독자들의 질문을 받아 그에 대한 답변을 하는 시간이 있었다. 한 독자가 시인님과 내게 서로를 꽃에 비유해 달라는 요청을 했다. 나는 시인님이 강낭콩꽃 같다고 말했다. 강낭콩이라는 말까지 밖에 하지 않았는데 앉아 있던 독자들은 하나같이 웃음을 터뜨리셨고, 시인님은 옆에서 "내가 키가 작다고 강낭콩이라고 하는 거냐?" 하면서 웃으셨다. 억울했다.

강낭콩꽃은 실제로 보면 정말 귀엽다! 물론 해맑고 귀엽다는 말을 많이 들으시는 시인님과 생김새도 닮은 구석이 있지만, 내가 이 꽃이 시인님과 비슷하다고 생각했던 이유는 꽃말 때문이다. 강낭콩꽃은 '행복한 삶'이라는 꽃말을 지니고 있다. 강연을 통해 행복을 전하며 살아가는 시인님의 삶과 제법 잘 어울리지 않는가.

시인님은 공공기관, 회사, 대학, 학교, 협회, 심지어는 병원과 교도소까지 전국을 돌아다니며 행복 및 문학 강연을 하신다. 몸이 아파서, 또는 개인적 이유로 세상과 단절된 사람들이 있는 곳까지 직접 방문하여 세상은 아직 살만하고 행복한 곳이라는 이야기를 하고 다니시면서 타인과 본인 모두에게 행복한 삶을 선물해주고 계신 시인님에게 '행복한 삶'보다 더 어울리는 꽃말이 있을까.

시인님은 나를 아이리스에 비유하셨다.

"봄에 피는 야들야들한 프리지아 같은 꽃, 원이는 수정같이 맑은 사람이에요. 추위를 뚫고 어찌 여기까지 왔을까 싶어요."

그러고는 시인님은 내게 이런 시를 지어주셨다.

백자

작은 바람 하나에도 떨리고
작은 물방울 하나에도 상처가 지는

마음속에 품은 별을
끝까지 놓지 말기를

조그만 호수

세상에는 없는
어쩜 하늘나라에나 있을 것 같은
조그만 악기

애당초 흙이었다가
물이었다가 불이었다가
이제는 그 너머의 무엇
그것들을 모두 이긴
평화와 고요

조심스러워
바라보기조차 아깝네
어찌 손으로 만질 수 있을까

그림과 노래

북토크를 마치고 나서 시인님과 나는 행사 장소와 가까운 이태원 거리를 돌아다니다 어떤 기념품 가게 앞을 지나게 되었다.

"원아, 여기 잠깐 들렀다 가자."

가게에는 우아하고 한국적인 상품들이 한껏 진열되어 있었고 시인님과 나는 신한국화가 그려진 엽서를 포함한 몇 가지 작품을 구매했다. 엽서에 그려진 정감 가면서도 세련된 신한국화가 퍽 마음에 들어 한동안 내 휴대폰의 프로필 사진 자리를 차지하고 있었다.

일 년쯤 후 시인님은 내게 동화책을 한 권 선물해주셨다. 어딘가 낯익은 그림체에 나도 모르게 엽서를 모아두는 박스를 열어 한참을 뒤졌다. 아니나 다를까, 엽서에 작게 쓰인 화가의 이름과 동화책에 적힌 화가의 이름이 같았다.

당장 시인님에게 전화를 드려 이 화가님이 바로 전에 우리가 산 엽서 그림의 주인공이라고 말씀드렸다. 시인님은 놀라셨다. 시인님은 동화책을 보면서 눈물을 흘리셨고 그림이 마음에 들어 그 화가의 그림을 구매하시기까지 하

마음속에 품은 별을
끝까지 놓지 말기를

셨다고 했다.

나도 시인님의 말씀을 듣고 놀랐다. 나도 바로 책의 특정 장면이 마음에 들어 나중에도 두고두고 보기 위해 그 페이지의 사진을 찍어 휴대폰 앨범에 저장해놨기 때문이다. 시인님도 내 이야기를 듣고 놀라셨다. 몇몇 지인들에게 이 동화책을 구매해서 나누어 주었는데 그 부분에서 감동을 느꼈다는 사람이 거의 없었다는 것이다. 같은 장면을 보고 같은 생각을 떠올렸다며 서로의 취향을 반겼다.

그림을 잘 모르지만 보러 다니는 것을 좋아한다. 작가나 시대 배경에 대한 정보를 많이 아는 것은 아니지만 왠지 모르게 끌리는 작품이 계속 생기고 그 작품을 뚫어져라 바라보다 보면 치유를 받는다. 다른 사람들이 영화를 보거나 노래를 들을 때 느끼는 감정을 그림을 보고 얻는 편이다.

몇 년 전부터는 그림 작품 해설서를 읽는 것이 내 인생의 즐거움 중 일부였다. 해설서에 적힌 내용을 읽으면 너무 재미있고 신비롭다는 생각까지 든다.

대표적인 예술 장르에 글, 그림, 음악 등이 있지만 나는 아직 음악은 섭렵하지 못했다. 시인님은 음악까지 좋아하셔서 음악 감상도 즐기시고 직접 풍금 연주를 하시기도 한

(위) 신선미 작가의 그림 엽서
(아래) 신선미 작가의 그림책의 한 페이지

마음속에 품은 별을
끝까지 놓지 말기를

다. 시인님은 본인이 풍금을 잘 치는 건 아니지만 풍금을 칠 때만큼은 외로움과 슬픔을 잊게 된다고 하셨다. 시 쓰기처럼 풍금 연주는 시인님만의 감정 해소 방법인 것이다.

시인님에게서 아무리 말하셔도 음악에 큰 매력을 느끼지 못했던 내가 음악의 매력을 조금 알게 된 것은 얼마 전 알고 지내는 작가님과 함께 첼로 공연을 보러 가서였다. 첼리스트는 브람스가 특정 곡을 작곡한 과정을 이야기로 풀어 나가며 연주를 해주었다. 이를테면 아름다운 스위스 툰 호수와 알프스 풍경을 보면서 그것을 음으로 표현하기 위해 브람스는 처음에는 이런 음들을 사용했는데 더 깊은 감정을 표현하기 위해 샵을 추가해서 이런 음으로 바꾸었다는 식으로 묘사와 함께 전후의 음들을 비교하여 연주하며 설명했다.

작곡가가 자신이 보고 느낀 것을 악보로 표현하면 연주자가 작곡가의 마음에 충분히 공감한 뒤 자신만의 감성을 더해 아름다운 선율로 연주하여 하나의 공연이 완성되는 모습이 경이로웠다.

결국 글도 그림도 음악도 다 우리네 인생이다. 매체만 다를 뿐 누군가를 사랑하는 마음, 아름다움을 예찬하는 마

품으려 하니
모두가 꽃이었습니다

음 등 인간의 희노애락을 그 안에 품고 있다. 오래도록 예술을 사랑하고 존경하는 사람이고 싶다. 그리하여 언어, 선과 색, 멜로디가 주는 기쁨과 아픔에 가슴 설레고 싶다.

창작물에 뭉클해지고
직접 창작하며 희열에 젖는다

/열여덟 번째 울림/

전시

미술 작품을 보는 눈이 전문적인 건 아니다. 그러나 미술
전시를 좋아한다. 그러다 눈길을 사로잡는 작품을 발견하
면 한동안 그 앞에 서서 바라보다 그 옆에 적힌 화가의 어
록이나 작품 해설을 읽는다. 그런 뒤 다시 그림을 보면 그
땐 더더욱 쉽사리 눈을 떼지 못하겠다. 마음이 뭉클해지고

그 순간만큼은 세상만사를 다 잊은 기분이다.

강연이 있던 날, 시인님과 마티스 전시를 보러 갔다. 보통은 강연 시간에 맞춰 움직이고 시간이 남으면 어딘가에 가지만, 이날은 일부러 시간을 내어 전시를 보러 갔다. 마침 강연을 간 지역에 마티스 전시가 진행 중이었고 시인님도 그림을 무척 좋아하시기 때문이다.

미디어아트 전시였는데 중간에 위치한 찰랑거리는 물과 그를 둘러싼 벽면을 가득 채운 디지털 명화가 시선을 사로잡았다. 디지털 그림이 실제로 움직이기도 했지만 찰랑거리는 물결에 반사되어 움직이는 것처럼 보이는 착시 효과까지 더해져 마치 내가 그 시대에 살고 있는, 그림 속 일부가 된 느낌이었다.

글을 좋아하는 사람들답게, 시인님과 나는 앙리 마티스의 어록을 보는 데에도 많은 시간을 할애했다. 내가 뽑은 앙리 마티스의 어록은 "나는 내 노력을 드러내려 하지 않았고, 그저 내 그림들이 봄날의 밝은 즐거움을 담고 있었으면 했다. 내가 얼마나 노력했는지 아무도 모르게 말이다."였고, 시인님은 "나는 사람들이 '이건 그리기 쉬운 그림이야.'라고 말할 수 있는 그런 그림을 그리고 싶었다."였다.

마음속에 품은 별을
끝까지 놓지 말기를

마티스의 그림은 얼핏 보기엔 '나도 그릴 수 있겠다.' 싶지만 사실 그건 마티스만이 그릴 수 있는 그림이다. 심오한 내용이지만 표현이 쉬워 작가가 세상에 보내고자 하는 메시지의 전달이 잘 되기 때문에 생기는 착각이다.

"제 고등학교 은사님께서 대학교 수준의 내용을 초등학생도 이해하도록 가르치는 사람이 진짜 잘 가르치는 사람이라고 했거든요. 마티스가 교사였다면 딱 이런 교사였을 거예요."

"맞아. 어려운 걸 어렵게 표현하는 건 누구나 다 할 수 있어. 헤밍웨이도 '읽기에 쉬운 글이 쓰기에 어렵다.'라고 말했지. 독자가 읽기 쉽도록 쏟는 작가의 노력은 꽤나 고통스럽다고 박완서 작가가 말하기도 했어."

"시인님은 쉬운 글을 쓰기 위해 어떤 노력을 하세요?"

"나는 가능한 한 내 옆에 독자가 앉아 있다고 상상하면서 '이만하면 되겠어요? 어때요?' 이렇게 속삭이고 서로 호흡하며 독자의 마음을 헤아려 글을 쓰려고 해."

시인님과의 대화는 어떤 주제든 그 끝은 글쓰기 철학으로 끝난다. 이 대화를 끝으로 시인님과 나는 기념품 코너에 가서 굿즈를 잔뜩 쟁여왔다.

독립서점

강연이 끝나고 아끼는 독립서점에 시인님을 모시고 갔다. 외서만을 취급하는 책방인데 고흐, 클림트, 모네, 마크 로스코 등 다양한 화가들의 그림책이 전시되어 있는 곳이다. 시인님은 분주히 이 책, 저 책을 고르셨다.

"시인님은 어떤 화가를 제일 좋아하세요?"

"글쎄. 오래 관심을 두었던 만큼 그동안 좋아하는 화가가 자주 바뀌었어. 청소년 시절엔 인상파 화가들인 고흐와 고갱을 좋아했단다. 잠시는 마티스도 좋았고 피카소도 좋았어. 구스타브 클림트, 에곤 실레도 매력적인 화가지. 아, 그리고 샤갈도 좋았어. 그러다가 최근에 미국 화가 마크 로스코를 좋아하게 되었어. 한동안 마크 로스코에 빠져서 산 적도 있지 뭐냐. 한 명만 꼽아야 한다면 마크 로스코야."

"마크 로스코가 왜 좋아요?"

"내가 시 쓰는 사람이라 그가 좋아."

시인님은 식사를 하러 가서도 마크 로스코에 대한 이야기를 이어 가셨다.

"내가 감정을 엄청 중시하잖냐."

197

"맞아요. 시 쓰기에 감정이 빠지면 아무것도 안되니까요."

"마크 로스코의 색면 추상 자체가 시와 닮아 있고 시 쓰기에 많은 시사와 각성을 줘."

말을 하면서 시인님은 휴대폰을 꺼내 마크 로스코 그림을 직접 검색하시더니 내게 보여주셨다.

"이걸 보면 무슨 생각이 드냐?"

"정열과 불타오름, 그러나 불안함과 분열이요."

"그거야. 로스코 작품은 색과 면만으로 유의미한 감정을 불러일으켜."

노랑과 남색이 섞인 다른 그림을 가리키며 내가 말했다.

"저는 이 작품이 젤 좋아요."

"이건 되게 차분하고 편안한 색이네."

"몇 십분 동안 이 작품만 보면서 명상할 수도 있을 것 같아요. 전시에 가서 큰 작품을 두 눈 가득 담아 보면 어떤 울림이 있을지 궁금하고 기대돼요."

"마크 로스코 전시는 꼭 가봐야 해. 참 좋았어. 나는 개성을 지니면서 보편성을 한껏 넓힌 그런 화가가 좋아. 말하자면 아우라가 분명한 화가지. 그런 그림을 보면 마음이 열리는 느낌이 들거든. 그 느낌이 바로 우리에게 해방감을 주고 더불어 행복감을 준다고 봐."

나는 전시를 보러 가기 전에 그 화가의 자서전까지 읽고 갈 정도로 공부기도 하고, 아무런 준비 없이 가서 마음에 드는 작품의 제목을 기록해놨다가 집에 와서 뒷이야기나 작품 해설을 찾아보기도 한다.

이렇게 보든 저렇게 보든 전시를 가서 만난 작품들은 내 가슴속에 뜨끈함과 찌릿함을 안겨준다. 그리하여 나의 내면을 깊이 들여다보고 나와의 유의미한 대화를 나누는 시간을 선물해준다.

그림

시인님은 그림 그리는 것을 좋아하신다. 평소에도 문학관이나 카페에서 한동안 말이 없으셔서 쳐다보면 그림을 그리는 데 몰두하고 계신다. 독자에게 사인을 해줄 때도 자주 그림을 함께 그려주신다.

"시인님은 언제 어떤 계기로 그림을 그리게 되셨어요?"

"내가 그리는 그림은 그냥 삽화 정도의 그림이고 또 연필로 그리는 연필화일 뿐이야. 시를 쓰다 보면 시의 대상이 되는 사물, 주로 식물이나 꽃, 단순한 풍경의 형상을 남기고 싶은 욕구가 들 때가 있어. 그럴 때 연필을 들고 그림을 그려. A4용지 같은 종이에 그리는 단순한 그림이지."

"그림을 그릴 때 특별한 감정을 느끼시나요?"

"시 쓰기도 그렇지만 그림 그리기는 내게 강한 희열을 줘. 그 매력을 잊지 못해 때때로 그림을 그리곤 하지. 거기서 깨달은 말이 중국 송나라 때 사람인 소식(소동파)가 했다는 말인 시중유화요 화중유시란 말이야. 시 가운데 그림이 있고 그림 가운데 시가 있다는 말인데 이 말은 나의 시 쓰기에 많은 도움을 줘."

며칠 후 시인님은 시화를 하나 선물해주셨다. 정성스레 적은 〈풀꽃〉 시와 아름다운 꽃그림 옆에 시인님의 사인까지 손수 적어 보내주신 것이다. 시인님은 지인들에게 선물을 주고 싶어 몇 밤 동안 제대로 잠도 자지 않고 시화를 그리셨다고 했다.

꽃그림에 예쁘게 입혀진 수채화 채색에서 시인님의 지난 며칠간의 정성과 애정이 느껴졌다. 이건 정말 좋아해서 하는 거라고, 정말로 좋아하지 않으면 할 수 없는 것이

시인님이 보내주신 시화

라는 생각이 들었다. 좋아서 일을 하고, 그 좋아서 한 것을
선물했을 때 받은 사람도 좋아하는, 이 아름다운 선순환에
괜히 나까지 기분이 좋아졌다.

마음속에 품은 별을
끝까지 놓지 말기를

만족과 기쁨이 없는데
행복이 어떻게 존재할 수 있겠어

시와 함께하는 대화

한 도서관 강연에서 코너 속의 코너로 시에 대해 이야기
를 나누는 시간을 가진 적이 있다. 시인님이 우선 시를 낭
독해주셨다.

패자부활전

만회할 수 있는 기회를 주시니 감사합니다
무엇보다도 먼저 세상과 화해하고 싶었고
세상을 용서하고 싶었습니다
나 또한 세상으로부터 용서받고 싶었습니다

"시인님, 저는 어떤 일이든 영원한 것은 없다고 생각해요."

문제가 생겼을 때 그 문제가 나를 조금 더 오래 붙들고 있을 수도, 조금 더 빨리 떠나갈 수도 있지만 언젠가는 끝난다. 그것이 좋은 일이든 슬픈 일이든 말이다. 나의 경우 일단은 그 문제를 해결하기 위한 여러 조치를 취해놓고 내가 맡고 있는 또 다른 부분에 집중하다 보면 시간이 지나 자연스레 해결되는 경우가 다반사였다.

"시인님은 고민이 있거나 문제가 생겼을 때 어떻게 해결하세요?"

"나도 기다렸어. 그리고 시간에게 나를 맡겼어. 장마가 아무리 심해도 끝나지 않는 비는 없고, 눈이 아무리 많이

마음속에 품은 별을
끝까지 놓지 말기를

내려도 그치지 않는 눈은 없어. 인생에 있어서도 좋은 일이 일어났다 해서 끝까지 좋은 일만 일어나는 법은 없잖니. 슬픔과 고통도 마찬가지야. 그 또한 지나가. 그러니 주눅 들지 말고 지나갈 때까지 기다리면서 포기하지 말아야 해."

"근데 사실 그때 포기하고 싶다는 생각이 들긴 하잖아요."

"포기하고 싶지. 그만두고 싶고 주저앉고 싶지. 그래도 좀 더 참아보고 시간 너머 펼쳐질 상황을 그려봐야 해. 나는 아파서 누워 있을 때 많이 억울했어. 세상에게 핍박 받고 괄시 받았다고까지 생각한 적이 있어. 그런데 6개월 동안 죽을 듯이 앓다가 살아나고 나니까 그래도 세상이 나한테 숨 쉬고 만회할 수 있는 기회를 주셨구나 싶어 감사했어. 이제는 세상을 용서하고 세상과 화해하고 싶었어. 또 중요한 건, 나 또한 세상에게 용서받고 싶단 마음이 들었던 거야."

우리도 세상에게 많은 잘못을 하면서 살아간다. 어쩌면 포용력이 없었던 건 세상이 아니라 내 쪽이었을지도 모른다.

"나라고 해서 세상에 잘하기만 하고 산 게 아니야. 세상한테 억박지르기도 했고 남들이 봤을 때 부끄러운 행동도 많이 했을 거야. 사소하게 길바닥에 침을 뱉거나 담배꽁초라도 버린 적이 있을 거야. 나도 세상에게 용서받고 세상과 화해를 청해보자는 마음이 우리 인생을 훨씬 더 여유롭고 풍요로운 방향으로 인도해준다고 생각해."

죽음의 문턱까지 갔다가 이런 생각을 하신 뒤 시인님의 삶은 바뀌었다. 삶이 바뀌자 시도 바뀌었다.

"그 전에는 나를 위해 살았어. 내 중심이었으니까 일이 잘 풀리지 않으면 세상이 나를 배반했다고 생각해서 섭섭하고 원망스러웠어. 그런데 이제는 '너'를 먼저 생각한단다. 대화 중에는 대화를 나누고 있는 상대방을 생각하며 말을 하고 집에서는 아내의 입장에서 한 번 더 생각해보고 행동해. 그랬더니 억울함은 줄어들고 대신 따뜻함은 배가 되더라. 그 순간 나도 좋아지더라고. 그걸 늦게야 깨달았어. 생각이 바뀌면서 시도 달라졌어. 그 전엔 '그대', '당신' 등의 어휘를 썼는데 생각의 전환이 일어난 시점부터는 '너'란 말을 직접적으로 쓰기 시작했어."

네 탓이 아니라 네 덕분, 나를 위해가 아니라 너를 위해, 이런 마음들이 세상 곳곳을 떠돌다 보면 조금씩, 조금씩 나를 위한 마음들로 바뀐다. 그리하여 내가 과거에 떠나보낸 마음들의 종착역은 결국 또다시 내가 된다.

마음속에 품은 별을
끝까지 놓지 말기를

다시 중학생에게

사람이 길을 가다 보면
버스를 놓칠 때가 있단다
잘못한 일도 없이
버스를 놓치듯
힘든 일 당할 때가 있단다
그럴 때마다 아이야
잊지 말아라
다음에도 버스는 오고
그다음에 오는 버스가 때로는
더 좋을 수도 있다는 것을!
어떠한 경우라도 아이야
너 자신을 사랑하고
이 세상에서 가장 귀한 것이
너 자신임을 잊지 말아라

버스를 놓쳤을 때 그다음 버스를 타는 건 우리 일상에

서 매우 흔하게 발생하는 일이다. 그런데 인생에서 그런 일이 일어났을 때, 예를 들어 직장에서 곤란을 겪을 때, 죽을힘을 다해 노력했는데 결과가 좋지 않을 때, 믿었던 사람에게 배신당했을 때는 버스를 놓치는 일처럼 넘기기가 쉽지 않다.

"시인님, 인생에서 힘든 일을 겪었을 때 어떤 마음을 가지면 우리가 조금 더 편해질 수 있을까요?"

"가장 최악의 상태라면 그래도 좋았던 때를 떠올리면서 자기 자신을 높여봐. 마음에 비가 세차게 내리는 날은 며칠 전 해가 쨍쨍했던 날을 생각하면서 며칠 후에는 나에게 다시 밝은 날이 올 것이라는 희망을 가져. 결핍과 위기의 상황에서 아름다웠던 추억과 성공했던 기억을 떠올려봐. 억지로 명랑함을 갖자는 게 아니야. 억지로라도 우울과 어둠을 희석시킬 필요가 있다는 거지. 결국 그게 더 나은 방향으로 우리를 인도할 거야. 언젠가 좋아질 것이라는 가능성을 믿고 미래에 대한 비전과 꿈을 버리지 마."

"중요한 건 그걸 해결할 때까지 우리 자신을 믿어주고 사랑해주는 마음이겠네요."

"아주 중요해. 자기 자신에게 용기를 주고 함부로 구박

마음속에 품은 별을
끝까지 놓지 말기를

하지 말고."

"그런데 자기한테는 조금 더 잣대가 엄격해지는 경향이 있어요."

"자신에 대해서는 지나치게 부정적으로 생각하는 사람이 많아. 그렇게까지 많이 안 좋은 게 아닌데 더 안 좋게 생각하는 거지. 좀 더 정확하고 맑게 자기를 들여다볼 수 있는 마음의 평정심이 필요해."

"나 자신을 객관적으로 투명하게 바라보는 건 진짜 어려운데……."

"어렵고말고."

"저는 아직 한 번도 해본 적이 없는 것 같아요."

"자기를 잘 들여다봐야 해. 톨스토이도 얘기했어. 톨스토이는 소통, 몰입, 죽음을 기억하는 삶을 주장했는데, 소통 중에서도 첫 번째가 나 자신과의 소통이야. 나 자신에게 문을 닫지 마."

가끔 우리는 남에게는 절대 하지 못할 말을 나에게는 서슴없이 퍼붓는다. 나는 얼마나 많은 밤 동안 나를 사지로 내몰았는가. 여름에도 애써 추운 새벽을 만들어 내 눈앞에 놓아준 사람은 그 누구도 아닌 바로 나 자신이었다.

시인님은 어떠한 경우에도 본인에 대한 희망과 기대를 버리지 않는다고 하셨다. 그게 자기 자신을 사랑하려고 하는 노력 중 하나라고. 세상에서 가장 내 편다운 내 편, 그것은 나 자신만이 되어줄 수 있다.

행복

저녁 때
돌아갈 집이 있다는 것

힘들 때
마음속으로 생각할 사람 있다는 것

외로울 때
혼자서 부를 노래 있다는 것

"시가 너무 짧지?"

마음속에 품은 별을
끝까지 놓지 말기를

"짧지만 다 들어 있는 시예요. 집, 물질적인 것 중에 가장 기본적이면서도 안정감을 주는. 사람, 내가 기댈 수 있고 또 도움을 줄 수 있는. 그리고 노래, 정신적인 가치와 문화까지요."

사실 이 세 가지는 이미 우리 모두가 가지고 있는 것이다. 누구에게나 하루가 끝나면 돌아갈 집이 있고 쉬는 날 차 한잔 함께할 친구가 있고 흥얼거릴 노래가 있다. 행복은 거창한 것이 아니라 이미 가지고 있는 소소한 것들이 아닐까.

"내가 60대가 되어서 이걸 발견했어. 시는 여행가의 발견 같은 거야. 여행가가 배와 비행기를 타고 어딘가에 내려 한참을 걸어서 고산 지대를 등반하고 그 위에서 뭔가를 찾아내잖아. 연구실에서 관찰과 실험을 통해 뭔가를 발견해내는 과학자의 발견과는 조금 달라. 여행가의 발견은 인생살이를 하며 그 속에서 뭔가를 찾는다는 거야. 발견이란 건 본디 남한테도 있는 거야. 그런데 그걸 찾아내는 사람은 시인인 거지. 즉 시는 길거리에 사람들이 버리고 간 보석을 줍는 것이란다. 나도 한때는 내게 행복이 없다고 생각했어. 그러나 인생살이를 통해 내게도 원래 행복이 존재했다는 걸 발견해냈어. 행복은 나한테도 너한테도 그들한테도 모든 사람에게 다 있는 거야."

모든 사람에게 다 있지만 그걸 일상에서 발견해내기 힘들다는 건 우리 삶이 그만큼 팍팍하다는 것일 테다. 행복도 여유가 있어야 느낄 수 있는데 하루에 주어진 일은 너무 많고 체력이 다하도록 해내고 나면 앞날을 생각해볼 새도 없이 내일을 맞는다.

그래도 밤에 자려고 침대에 누워 그날을 돌아보았을 때 어김없이 행복했다는 생각이 든다는 데 감사한다. 쉴 새 없이 바빴으면 그만큼 내가 사회에 기여하고 자기발전을 했다는 생각에 만족스럽고, 덜 바빴던 날은 여유롭게 일상을 돌아보며 하늘에 떠 있는 구름의 모양을 눈에 담을 수 있었기에 좋았다.

"시인님, 행복하려면 우선 내 삶에 만족해야 하는 것 같아요."

"행복의 전 단계가 기쁨이야. 행복하려면 첫째가 감사해야 하고 두 번째가 만족해야 하고, 세 번째가 기뻐야 해. 그럼 기쁨이 행복의 연료가 돼. 만족과 기쁨이 없는데 행복이 어떻게 존재할 수 있겠어."

마음속에 품은 별을
끝까지 놓지 말기를

메시지로 감동을 공유하고
시로 공감을 더하다

/스무 번째 울림/

발이 되어드릴게요

시인님과 나의 공통 관심사 중 하나는 여행이다. 시인님도
나도 여행을 너무 좋아한다. 시인님은 내가 여행을 가서
많은 걸 보고 오는 걸 좋아하신다. 시인님은 내가 여행을
간다고 하면 꼭 가는 날이나 그 전날 다시 연락을 주시고
는 잘 다녀오라는 말씀을 하시는데, 그 여행 때도 그랬다.

나는 부모님과 함께 호주와 뉴질랜드에 3주간 여행을 떠날 예정이었다. 시인님은 내게 메시지를 보내셨다.

[오늘은 예원이 여행 출발하는 날. 배탈 좋아지고 무사히 잘 다녀오세요. 좋은 것 많이 보고 좋은 것 많이 먹고.]

나도 시인님에게 감사한 마음에 관광지에서 사진을 찍거나 감동적인 설명을 들었을 때 그것을 시인님에게 전해 드렸다.

[오늘은 오페라하우스랑 하버브릿지에 다녀왔어요. 하버브릿지 건설은 대공황 시기에 실업자 구제를 위해 정부에서 추진한 사업이래요. 그래서 시드니 사람들은 시드니의 상징 하면 오페라하우스보다 하버브릿지를 먼저 떠올린대요. 조상들의 경제적 버팀목이 되어준 하버브릿지를 오고 가면서 어떻게 애틋한 감정이 들지 않을 수 있을까요.]

[그렇구나, 세상엔 모르는 게 너무 많아. 건강하게 잘 먹고 잘 자고 씩씩하게 여행하렴.]

마음속에 품은 별을
끝까지 놓지 말기를

어느 날은 뉴질랜드에서 찍은 사진을 보내드렸더니 보이스톡을 하셨다.

"시인님, 여기 자연경관이랑 노을이 어우러진 게 너무 예뻐서 자꾸만 저녁 시간을 기다리게 돼요. 막 심장이 콩닥콩닥거리는 거 있죠."

시인님은 말했다.

"예원이는 일찍 봐서 좋겠다. 평생 그 기억이 함께할 테니까. 좋은 부모, 좋은 시대, 그리고 좋은 심성 타고난 탓이야. 좋은 기록 잘 남기렴."

한 시간쯤 후, 시인님은 새로 지은 시를 보내주셨다.

가슴 가득

뉴질랜드 거기가 어디냐
내가 가보지 않은 곳
앞으로도 내가 가보지 못할 땅
저녁노을이 너무너무 예뻐서
날마다 저녁시간이 기다려진다는 아이야

품으려 하니
모두가 꽃이었습니다

보고 또 보고 가슴에 안고

또 안아도 노을이 너무 예쁘고

사랑스럽고 가슴 벅차서

심장이 콩당콩당 뛴다는 아이야

네가 그 콩당콩당 뛴다는 가슴

가슴에 벅찬 노을 안고

내앞에 다시 오는 날 나도

너처럼 가슴이 콩당콩당

뛰었으면 좋겠구나

뉴질랜드의 노을을 나도

가슴 가득 안았으면 좋겠구나

시를 읽으면서 시인님의 발이 되어 드리고 싶다는 생각을 했다. 시인님이 가기 어려운 곳을 내가 대신 가서 새로운 세상을 전해드리고, 나의 감성이 더해진 새로운 시가 창작되어 가는 과정을 오래도록 보고 싶다.

아침에 일어나니 시인님에게 메시지가 와 있었다.

다리를 주무르며

오늘도 하루를 걸어서
다리가 부었다
오른 다리를 따라다니느라
왼다리가 더욱 부었다
그러나 자고 일어나면
부은 다리가 내리고
하루치 여행을 다시 떠날 수 있다
이 얼마나 다행스런 일이냐
아니다 아니다
이거야말로 행운
사람이 두 다리로 걷는다는 건
축복이고 감사다

어디를 걷든지 그것은

지구를 걷는 것

강가를 걷든 공원길을 걷든

사람들 북적대는 시장길을 걷든지

지구의 맨살을 밟는다는 것

이 얼마나 감격스런 일이냐

거룩한 일이냐

오늘도 부은 다리를 쓰다듬으며

나를 데리고 다니느라 수고했네

고마워 고마워 머리 조아려 인사를 한다

"시인님, 어디 가셨어요?"

"지금 대만이야."

시인님은 대만 독자들을 상대로 문학 강연을 하러 대만
에 가셨다고 했다. 흐린 날씨에 하루 종일 비 오고 바람 부
는 날이었지만 문학 강연을 마치고 지우펀 관광을 하고
계시는 중이라면서 홍등 사진을 보내주셨다. 밤이 더 화려
한 도시 같아 보였다.

마음속에 품은 별을
끝까지 놓지 말기를

"시인님, 최근에 많이 힘들고 피곤하셨는데 아무 생각 없이 자유롭게 지내다 오세요. 오셔서 새로운 이야기 많이 해주세요. 지금 막 생각난 시가 하나 있는데 메시지로 보내둘 테니 시간 나실 때 읽어보세요."

공공연한 비밀

                                        - 잘랄루딘 루미

옳고 그름에 관한 생각들 너머에
들판이 하나 있다오. 거기서 만납시다

영혼이 그 풀밭 위에 누워 있을 때,
세상은 이야기하기에 너무 충만하다오

생각, 언어, 서로에 관한 몇 마디 말조차
아무 의미가 없다오

풀으려 하니
모두가 꽃이었습니다

시인님은 내 메시지를 읽고 곧바로 답장을 보내셨다.

[예원이는 내 영혼의 친구. 내 인생 끝자락에 만난 영혼의 길동무. 지우편에 와서 시를 썼단다, 읽어봐.]

지우편

홍등 행렬을 따라
꼬불꼬불 인파를 따라
문득 찾아든
유년의 미로

비 맞아 으슬으슬
떨리는 몸과 마음

끝집의 끝집에서
어렵사리 마신 차가
향그로워 좋았다

천천히 편안해지는

몸과 마음

사람의 끝 날도

그랬으면 좋겠다

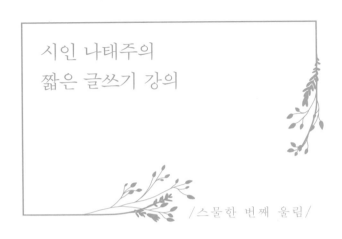

시인 나태주의
짧은 글쓰기 강의

/스물한 번째 울림/

글쓰기의 시작

첫 책이 출간되기도 전에, 몇몇 사람들은 내게 와서 '글을
잘 보았다.'라는 이야기를 했다. 아직 출판 전인 글을 어떻
게 봤냐고 어리둥절해하는 내게 사람들은 시인님이 강의
하실 때 참고 자료로 내 글을 보여주셨다고 했다. 그 당시
시인님은 글쓰기 강의를 진행하고 계셨다.

마음속에 품은 별을
끝까지 놓지 말기를

"시인님, 오늘은 어떤 내용의 강의였어요?"

"그냥 이것저것 말하는 거야. 너한텐 이 책을 줄게. 나의 글쓰기 방법과 철학을 담은 책이야. 너 요즘 다른 글도 쓰고 있니?"

"조금씩 쓰고는 있는데, 아주 천천히 쓰고 있어요."

나는 아직까지는 특별한 경험을 하거나 잊을 수 없는 감정이 내게로 왔을 때만 그것을 글로 남긴다. 그래서 시간이 오래 걸린다. 그러나 시인님은 평범한 일상에서 끊임없이 소재를 찾아내신다.

시인님의 일상이 다른 사람과는 달리 특별하고 역동적인 걸까? 옆에서 지켜본 시인님은 다른 사람과 크게 다를 바 없는 일상을 사신다. 하는 일은 다르지만 그것은 직업의 차이일 뿐 어쨌든 일이 끝나면 집에 가고, 가족들과 함께 살고, 쉴 때는 문학관 정원에서 식물을 가꾸신다. 그런데도 어떻게 머릿속에서 계속해서 쓸거리를 생각해내시는 걸까.

"내 인생이 글의 밭이고 경험은 글쓰기의 씨앗이야. 나만의 경험에서 내 자신과의 대화를 통해 알게 된 특별한 것을 찾아내야 해. 인생을 잘 들여다보고 구체적 느낌을

품으려 하니
모두가 꽃이었습니다

찾아내어 봐. 특히 네가 겪은 상처를 유심히 들여다보렴. 상처를 계속 들여다보다가 글로 피어나는 순간 네 상처는 꽃이 된단다. 시는 상처의 꽃이야. 인생에서 힘들고 아프고 눈물겨웠던 부분에서부터 글이 시작돼."

시인님은 내가 힘든 일을 겪거나 시행착오를 겪을 때마다 그것을 꼭 글로 남겨두라고 하셨다. 우왕좌왕하는 그 과정까지도 모두 글의 좋은 재료가 된다는 것이다. 평범한 소재도 나에게 얽힌 이야기로 특별해질 수 있고 이는 독자들과의 정서적 유대로 이어질 수 있기 때문에 내가 마음의 문을 연다면 충분히 유의미한 글이 탄생할 수 있다고 말이다.

덕분에 나는 부정적인 감정이 들다가도 글을 쓰기 시작하면 그 감정이 다시 줄어들면서 따뜻하고 여유로운 마음이 점점 차오르는, 내 감정을 글로 다스릴 줄 아는 사람이 되었고, 일상을 기록하면서 인생을 두 배로 사는 사람이 되었다. 인식의 전환과 일상에 대한 고찰, 그것이 글쓰기의 시작이다.

마음속에 품은 별을
끝까지 놓지 말기를

쓸거리를 정했다면 이제는 내 경험과 감정을 보다 효과적으로 전달할 언어를 찾아야 한다. 조사의 사용 하나만 달라져도 문장이 주는 느낌이 완전히 달라질 때가 있듯 적재적소에 알맞은 단어를 사용하여 문장을 꾸려나가는 것은 생각 전달에 있어 큰 영향을 끼친다. 시인님이 말했다.

"이제는 말이 필요해. 같은 표현을 반복해 쓰지 않으려면 폭넓은 독서로 어휘량을 늘려놓아야 하지. 그리고 다른 사람의 어법도 많이 배워. 저 사람은 어떻게 단어와 단어의 순서를 배열하는지를 보는 거야. 그러면서 현실적이고 매력적인 말투를 내재화시켜."

시인님이 '작가'라는 직업인으로서 중요시하는 것 중 하나가 '젊은이들과의 소통'이다. 시인님의 시를 읽은 독자들은 대부분 지은이가 비교적 젊은 사람일 것이라고 생각하는데, 그 이유가 나와 같은 젊은 세대들과 자주 소통하면서 우리의 말투와 생각을 받아들이셨기 때문이라고. 목표 독자층을 정하고 그들과 눈을 맞추며 대화를 하려는 노력이 지금의 시인님을 만든 것이다.

사실 세상 사람들이 느끼는 것은 다 거기서 거기다. 그렇기에 아주 옛날 소크라테스가 했던 말이나 셰익스피어가 했던 말도 한참 후대 사람들인 지금의 우리가 공감할 수 있다. 그러나 속뜻은 같아도 겉을 어떻게 포장하느냐에 따라 받아들이는 사람의 마음을 움직일 수도 그러지 못할 수도 있다. 사람들 마음에 더 잘 흡수되는 글을 쓰는 비법은 무엇일까. 시인님의 대답은 이랬다.

"문어 중심이 아닌 구어 중심으로 글을 써보렴. 언어 발달은 구어에서 문어로 갔어. 일상에서 활용 빈도가 가장 높은 건 구어야. 구어 중에서도 가장 아름다운 말은 엄마의 말이란다. 아기의 영혼 속에 각인이 되는 말이지. 말도 도장 찍히듯 머릿속에 각인돼. 시의 형태는 문어로 보존이 되지만 내 시는 내 삶과 내 말 속에 있는 것이지 시집 속에 있는 게 아니야. 자꾸 책에서 시를 찾으려 하면 안 돼."

"일상이 녹아서 결국 그게 글이 되기 때문에 글 쓰듯 쓰려 하지 말고 말하듯 쓰라는 말씀이시네요."

"맞아. 문어보다도 구어가 더 살아 있는 언어거든. 그렇게 있는 그대로 말을 하는 게 시야. '풀꽃'이라는 시도 교사였을 때 아이들에게 잔소리를 하다가 그 말을 그대로 쓴 거야. 구어가 문어가 된 거지."

말맛도 중요하다. 시인님에게서는 50년 넘게 글을 써오시면서 글이 많이 바뀌었다. 젊은 시절에 쓰셨던 글에 비해 지금 글은 많이 자유로워졌다. 형식에 구애를 덜 받고 시인님만의 말맛이 더 녹아 있다.

"맞아. 옛날에는 형식을 갖추어 시를 쓰려고 노력했지. 그런데, 다른 사람의 문장투가 아닌 내 말투를 살려 써야 해. 새들이 집을 지을 때도 마찬가지란다. 새집을 짓기 위해 새들은 일단 다른 데서 주어온 나무토막이나 쓰레기들을 가지고 둥지를 만들고, 그다음에는 그 위에 자기 털을 빼서 집을 지어. 이것처럼 시도 처음엔 남의 몸을 갖다 빌려 쓰기 마련이야. 그러나 그건 진짜가 아니야. 다른 사람의 틀을 벗어 던지면 그제서야 나는 시인이 되는 거야."

시인님은 또한 시를 쓸 때 어느 정도 외워서 쓰라는 팁을 주셨다. 훨씬 더 생동감과 현실감 있고 부드러운 시가 된다고 말하시면서 말이다. 그도 그럴 것이 자꾸 되뇌어 읽다 보니 외워진다는 것은 일단 그 내용이 어색하지 않고 입에 달라붙는다는 말일 테다. 그러면 내가 아닌 다른 사람들에게도 상황이 같을 것이고 독자의 마음에도 착 달라붙는 글이 탄생할 것이다.

시는 감정에서 출발한다

시인님에겐 억울함과 짜증남, 화남 등의 감정을 해소하는
수단이 바로 시다. 그런 감정이 올라오면 울컥하는 마음으
로 스윽 써내려 가신다.

"대충 쓰라는 건 절대 아니고 울컥하는 감정으로 대번
에 쓰라는 말이야. 감정은 시의 질료지. 시간 순서, 설득력
이나 질서가 필요 없어. 시는 시간 순서가 아니라 감정이
솟아나는 순서대로 급한 대로 쓰는 거거든. 약간의 비문도
허용이 되지. 언어를 가지고 될 수 있는 한 대번에 슥 써야
해. 대번에 쓰지 않으면 시의 질료인 감정이 변형이 일어
나. 난 책을 쓸 때 구상을 많이 하고 쓰는 건 빨리 쓰는 편
이야. 구상을 오래 하여 준비를 많이 하고 전광석처럼 서
둘러서 써버려. 그럼 통일성이 있는 글이 나오지."

이렇게 시인님은 늘 '울컥하는 감정'을 강조하신다. 그
런데 독자들이 공감할 수 있는 좋은 시가 감정에서 나오

는 건 맞다. 하지만 어떤 시는 감정이 너무 흘러넘쳐서 읽었을 때 읽는 이로 하여금 부담스러운 마음이 들게 하거나 마음을 너무 아프게 할 때가 있다.

"감정의 완급 조절도 필요할 것 같은데 그건 어떻게 하시나요?"

"시인은 독자를 생각해야 해. 작심, 문심 독심이 있어. 작심은 작가의 마음이고 문심은 글의 마음이고 독심은 독자의 마음이야. 독자의 마음을 헤아리며 조절해야 해. 글을 쓸 때는 작가의 것이지만 쓰고 나면 작가의 것만이 아니라 세상의 것이야. 내보낼 때는 다른 사람 생각을 해야지. 꼭 상품성을 생각하라는 건 아니지만 너무 개성적이기보단 손님의 기호도와 선호도를 감안해서 지나친 것은 낮추고 조절해야 해."

'너도 그렇다'와 같이 사람들의 뇌리에 남는 행을 어떻게 쓰시게 되었냐는 내 물음에 시인님은 이렇게 답을 주셨다.

"저 시를 좀 보렴."

시인님이 가리킨 것은 문학관 벽면에 붙어 있는 시였다.

멀리서 빈다

어딘가 내가 모르는 곳에
보이지 않는 꽃처럼 웃고 있는
너 한 사람으로 인하여 세상은
다시 한 번 눈부신 아침이 되고

어딘가 네가 모르는 곳에
보이지 않는 풀잎처럼 숨쉬고 있는
나 한 사람으로 하여 세상은
다시 한 번 고요한 저녁이 온다

가을이다, 부디 아프지 마라

"이 시는 말이야, 1연과 2연은 서로 짝이 맞는 글이야.
그런데 맨 마지막 행을 한번 읽어볼래?"
"가을이다, 부디 아프지 마라."
"이 부분만 앞의 내용과 관련이 없지? 이게 바로 영혼의 언어라는 거야."

"나도 모르게 떠올라서 쓰게 되신 거예요?"

"그렇지. 시는 생각이 아니라 느낌에서 오는 거라고 했지? 더 나아가서 이런 문장들은 더 깊은 영혼에서 나오는 언어야."

"저런 문장들이 나올 때의 느낌이 구체적으로 어떤지 궁금해요."

"저 밑바닥 가슴에서부터 울컥, 불끈, 우후죽순처럼 쑥 올라와. 문자 언어가 아니라 음성 언어의 형태로 떠오르지. 그래서 받아 쓸 때도 음성 언어로 받아야 한단다. 문자 언어로 받기에는 너무 급한 감정이거든."

"그 느낌이 왔다고 해서 누구나 사람들의 심금을 울리는 시의 구절로 바꿀 수 있는 건 아니잖아요. 느낌을 적절한 언어로 표현하는 과정에 막대한 고민의 시간이 필요한데."

"그거야. 영혼의 분출과 충격을 언어로 바꾸어 내는 과정을 얼마나 정확히 하는지가 중요해. 옮겨 쓰는 과정에서 이성이라는 게 작용하면서 그 울림과 느낌을 훼손해. 이성이라는 건 내가 가진 기존의 경험이나 이미 굳어진 지식, 그리고 분별력을 말해. 아주 유능하고 훌륭한 시인들은 동

품으러 하니
모두가 꽃이었습니다

서양을 막론하고 영혼의 분출을 덜 훼손한 시를 써내는 사람들이란다."

"그럼 시인님에게서 영혼의 분출을 덜 건드리면서 적절한 언어로 바꿔내시는 방법을 알려주세요."

"훼손하지 않고 언어로 바꿔내는 건 굉장히 어려운 과정이야. 영혼의 말은 증거와 형태가 없고 아주 미묘하고 수줍거든. 나 같은 경우엔 그 영혼의 말을 따라가. 여기서 작가는 받아쓰는 나가 되고 말하는 나가 한 명 더 옆에 생겨. 받아쓰는 내가 말하는 나에게 '다음은요?' '다음에 주시는 말씀은요?'라고 물으며 정성껏 대하면 말하는 내가 훼손되지 않은 순도 높은 부분을 보여주더라고. 거기서 〈풀꽃〉의 '너도 그렇다'라든가 〈멀리서 빈다〉의 '가을이다, 부디 아프지 마라' 같은 구절들이 나왔단다."

마음속에 품은 별을
끝까지 놓지 말기를

힘들고 지친 사람들에게
부디 내 시가 약이 되기를

/스물두 번째 울림/

봄비와 같은 마음으로

"내가 요즘 싫어하는 말이 있어. 그게 뭔지 알아?"

"뭔지 궁금해요!"

"이번 생은 틀렸다는 말이 싫어."

"하하하. 장난이라도 싫으세요?"

"응 싫어. 정말 싫어. 오늘은 절대로 틀린 게 아니야. 그

품으러 하니
모두가 꽃이었습니다

렇게 생각하는 순간 틀려지는 거지."

나한테는 잣대가 훨씬 엄격해 지는 게 문제다. 다른 사람의 어설픈 실수는 귀엽게 넘어가면서 자기 자신은 객관적으로 보지 못하기 때문에 사소한 실수에도 '아, 나는 틀렸다.' 싶은 것이다. 물론 농담이지만 말이다.

"자기를 높이고 칭찬하고 끝까지 가라앉지 않는 마음이 중요해."

나도 다른 사람들이 말할 때 맞장구를 치긴 하지만 농담 삼아 자신의 상황을 비하하면서 웃음거리를 만드는 것이나 누가 더 힘든지 경쟁하듯 자신에게 일어난 부정적인 일을 말하는 것을 좋아하지는 않는다. 나 스스로 그러지 않으려고 의식적으로 검열하는 편이다. 자꾸 힘들다, 힘들다 말하다 보면 어느 순간 진짜 힘들어지는 기분이 들기 때문이다.

"그래서 더 나는 상대방에게 바치는 헌사, 꽃다발 같은 글을 쓰고 싶어."

내가 첫 책의 원고를 한참 쓰고 있을 때였다. 시인님은 내게 '비록 지금은 비가 오지만 이 비가 그치고 나면 무지개가 뜰 것'이라는 마음을 가지고 글을 쓰라고 하셨다. 즉

233

마음속에 품은 별을
끝까지 놓지 말기를

나부터가 미래를 긍정적으로 바라보는 사람이어야 하고 다른 사람의 미래를 진심으로 축복해줄 줄 아는 사람이어야 한다는 말이다. 선한 영향력을 미치는 글을 쓰는 첫 단계는 좋은 마음을 가지고 글을 쓰는 것이다.

"누군가를 미워하는 마음으로 글을 쓰면 다 알아보시더라고요."

"언젠가는 알아. 마음을 속이진 못해. 글 쓰는 사람은 착한 마음을 가져야 해. 선한 영향력을 주기 위해선 내가 선해야 해. 영악하고 이득만 따지는 사람이라면 글 쓰는 사람으로 적합하지 않아. 봄비와 같은 마음을 가져야 해."

봄비는 모든 생명을 살리는 마음이다. 생명을 마르게 하고 위협하는 가을비와는 사뭇 다르다.

"봄이 되면 나무는 잎을 내고 꽃을 피우기 위해 물을 빨아들여. 그러나 가을에는 몸에 있는 물기를 빼내. 가을에 물을 빼 내야 겨울에 얼어 죽지 않거든."

"봄비는 자연을 도와주는 비네요."

"그래, 봄비는 땅에 스며들면서 씨앗을 깨우고 자연의 탄생을 축복하는 비야. 결국 축복하고 응원하고 다른 사람이 잘되기를 바라는 마음이지. 한시도 그런 마음을 버리지 마."

품으려 하니
모두가 꽃이었습니다

봄비가 촉촉하게 내리는 푸릇푸릇한 광경을 떠올려본다. 가을에도 책 속에서만큼은 언제나 봄비가 내릴 것만 같다.

저 별이 되겠다는 마음으로

나는 자신의 인생 철학을 가진 사람을 존경한다. 경험을 통해 쌓인 확고한 철학이 있는 사람들은 선택의 기로에 섰을 때나 역경이 닥쳤을 때 자신만의 기준으로 흔들림 없이 일을 해 나간다. 문득 시인님은 어떤 마음을 가지고 시를 쓰시는지 궁금해 여쭤보았다.

"나는 내 시가 힘들고 어렵고 지친 사람들에게 약이 되고 싶었어. 내 시가 그 사람을 살렸으면 했어. 유명한 시가 아니라 유용한 시를 쓰고자 했지."

"시 처방이라는 말도 있잖아요. 몸이 아프면 의사의 처방을 받아 약을 지어 먹듯 마음이 아프면 시인의 처방을 받아 시를 받아 읽는 거죠."

잠이 오지 않을 때 찾게 되는 읽는 수면제 같은 것이다.

마음속에 품은 별을
끝까지 놓지 말기를

잠시나마 책에 빠져들면서 걱정이 수그러들고 마음이 편안해진다. 그러면 잠을 잘 수 있다.

"또 있어. 시는 이득에 대한 분별력으로 쓰는 게 아니야. 시는 유용해야 하지만 실용학문은 아니잖아. 실용을 따지면 안 돼."

문학은 실용을 따지기에는 너무나도 이상적이고 추상적일지도 모른다. 그러나 문학은 우리가 삶에서 도달해야 할 목표를 설정해주고 그 목표에 도달하기 위한 올바른 방식을 알려준다. 문학이야말로 실용주의에 다친 마음을 다독여 가며 넘어지지 않고 일상을 끝까지 완주할 수 있는 힘을 준다. 자극적이고 유쾌한 요소가 가득한 요즘 세상에 인문학이 다시금 각광받고 있는 이유도 이와 비슷할 것이다.

실용만 따지며 살아가기엔 인생이 너무 허망하다. 세상에는 너무 눈이 부셔서 눈으로는 볼 수 없는 아름다운 가치가 너무나도 많다. 현실에 가려져 자각하지 못하고 실천하지 못할지라도 사실 우리의 내면 깊숙한 곳에서는 베풀고 싶고, 미치도록 사랑하고 싶고, 또 진심으로 내일이 오기를 바라고 있다고, 나는 생각한다.

그 마음속 가치를 문학이 일깨워준다. 그리고 당장 말이 안 되어 보이고 지나치게 이상적이어 보이는 것 또한 꿈을 가지고 희망을 품게 해주어 이루어내게 도와준다.

"사람들이 시인님의 글을 읽고 어떤 마음을 가졌으면 좋겠어요?"

"가슴속에 별을 지녔으면 좋겠어. 우리는 저 하늘 위에 떠 있는 별에 다다를 수도, 그 별을 소유할 수도 없어. 그러나 모두가 자신의 마음속에 별을 간직했으면 좋겠어. 실제로 별을 가까이서 보게 된다면 사실 아름답지 않을 수도 있어. 그래도 밤하늘을 보면서 별이 아름답다고 생각하면서 가슴에 품고, 내가 저런 별이 되어야지 하고 희망을 가지는 것이 내가 독자에게 바라는 바야. 도달할 수 없는 별이라도 마음속에 품고 그 별을 끝까지 놓지 않다가 결국에는 본인이 그 별이 되었으면 해."

마음속에 품은 별을
끝까지 놓지 말기를

You don't have to understand Life

Rainer Maria Rilke

You don't have to understand life,

then it will become just like a feast.

Let everyday just happen to you

like every child in moving along

from every blow

is given many flowers.

Collecting and saving them,

never enters the child's mind.

It gently unties them from its hair,

where they were kept trapped with such delight,

and to the loving youthful years

it reaches out for new ones.

인생을 이해할 필요는 없어요 - 라이너 마리아 릴케

인생을 이해할 필요는 없어요. / 그러면 인생은 하나의 축제 같아질 거예요. / 그냥 모든 일들이 당신의 인생에 일어나게 두세요. / 길을 걷는 어린 아이가 바람이 불 때마다 날아오는 / 꽃잎을 받아들이듯 말이죠. / 아이는 절대 꽃잎을 / 모아서 소유하려 하지 않아요. / 꽃잎들이 머리카락에 더 머무르고 싶어 해도 / 그저 부드럽게 꽃잎들을 털어내죠. / 그리곤 사랑스러운 젊은 시절을 향해 / 새로운 꽃잎을 맞이하고자 손을 내밀어요.

품으려 하니
모두가 꽃이었습니다

초판 1쇄 인쇄 2024년 3월 30일
초판 1쇄 발행 2024년 4월 5일

지은이 나태주, 김예원
기획 강민경
책임편집 하진수
디자인 그별
펴낸이 남기성

펴낸곳 주식회사 자화상
인쇄,제작 데이타링크
출판사등록 신고번호 제 2016-000312호
주소 경기도 고양시 덕양구 꽃마을로 34, 1006호,1007호(향동동, DMC스타팰리스)
대표전화 (070) 7555-9653
이메일 sung0278@naver.com

ISBN 979-11-91200-92-8 03810

ⓒ나태주, 김예원, 2024